ISMAEL
Ben Kaïzar,

OU LA DÉCOUVERTE
DU NOUVEAU MONDE,

ROMAN HISTORIQUE,

Par M. Ferdinand Denis,

AUTEUR DES

SCÈNES DE LA NATURE DES TROPIQUES

ET DE LEUR INFLUENCE SUR LA POÉSIE, ETC., ETC.,

D'ANDRÉ LE VOYAGEUR,

ET DU RÉSUMÉ

DE L'HISTOIRE LITTÉRAIRE DU PORTUGAL ET DU BRÉSIL,

ETC., ETC.

TOME QUATRIÈME.

PARIS,

CHARLES GOSSELIN, LIBRAIRE

DE SON ALTESSE ROYALE MONSEIGNEUR LE DUC DE BORDEAUX,

RUE SAINT-GERMAIN-DES-PRÉS, N° 9.

M DCCC XXIX.

DE L'IMPRIMERIE DE LACHEVARDIERE.

ISMAEL

BEN KAÏZAR.

IMPRIMERIE DE LACHEVARDIERE,

RUE DU COLOMBIER, N° 3o.

ISMAEL BEN KAÏZAR,

OU LA DÉCOUVERTE

DU

NOUVEAU MONDE.

ROMAN HISTORIQUE,

Par Ferdinand Denis.

Muy rebuelta esta Granada
En armas y fuego ardiendo.
ROMANCERO GENERAL.

Ainsi a dit l'Éternel, qui a dressé un chemin
dans la mer et un sentier parmi les eaux
impétueuses. Esaïe.

Quoiqu'ils soient depuis long-temps au milieu
de nous, ils conservent l'idée que je suis
descendu des Cieux, et ils le publient partout
où nous abordons. Christophe Colomb.

TOME QUATRIÈME.

Paris,

CHARLES GOSSELIN, LIBRAIRE

A SON ALTESSE ROYALE MONSEIGNEUR LE DUC DE BORDEAUX,
RUE SAINT-GERMAIN-DES-PRÉS, N° 9.

M DCCC XXIX.

ISMAEL BEN KAÏZAR.

CHAPITRE PREMIER.

Le Messager.

En quelques mois un monde découvert, un grand empire renversé, voilà ce qu'on voyait au quinzième siècle, et ce qui ne peut se renouveler de nos jours. En ce temps l'homme était fort et destructeur, il abattait sans être ému ; il fallait bien que ce fût ainsi, pour édifier un jour.

Mais si la destruction était prompte et sans pitié, la résistance était forte et sans pitié aussi.

Et un jour, environné des Chevaliers et des Inquisiteurs, Ferdinand V le Catho-

lique pensa à la bonne ville de Grenade,
et il en parla à la Reine: —Cette ville, dit-
il, est belle, mais elle n'est pas chrétienne,
Madame: qui aime bien, châtie bien aussi.
Et les inquisiteurs s'inclinèrent; ils avaient
lu dans le cœur du Roi.

Isabelle n'avait pas répondu. Talavera lui
parla à voix basse, et elle lui dit: — Non,
Seigneur Évêque, non, les Morisques sont
mes enfans comme les Chrétiens, des enfans égarés, il est bien vrai... Mais les punir tous, c'est ce que je ne puis souffrir;
ils sont aussi bien sujets de la Castille que
du royaume d'Aragon, dit-elle avec ce
ton de fermeté qu'elle avait toujours quand
elle parlait en Souveraine, et devant le Roi.

— Et les Maures des Alpujarras, Madame, dit alors Ferdinand d'un ton froid
et dédaigneux, comme s'il eût pris en pitié
la compassion de la Reine, qui retardait
quelquefois les décisions que la politique
du temps et du Roi rendaient sanglantes

et souvent injustes, avec une apparence
de générosité. — La clémence a des bor-
nes, comme ce que vous appelez la fermeté, répondit Isabelle.... Mais les paroles
du Confesseur revenant à son esprit, elle
ajouta : — Il y a des choses qui exigent une
mûre réflexion avant de les entreprendre :
on peut aller combattre les Maures des
Alpujarras, puisqu'ils se sont obstinés dans
leur révolte; nous réfléchirons aux propositions du saint Office relativement à
Grenade.... — Réfléchissez en Chrétienne,
Madame, lui dit Mendoça à voix basse.
Et elle se retira pleine de trouble... Le Prê-
tre connaissait le seul faible de cette grande
âme, et il venait en ce moment de se
montrer comme le troisième Roi d'Espagne, ainsi que le nommaient alors les Seigneurs de la cour d'Isabelle...

Au moment où la Reine était sortie du
conseil, on avait rempli toutes les forma-
lités prescrites par l'étiquette rigoureuse

de la cour de Castille. Le Roi lui-même
n'avait jamais cherché à s'en affranchir;
il était plein d'estime et de respect pour
celle qui ne lui avait jamais cédé comme
Reine, et qui l'avait constamment chéri
comme épouse.

— La Reine agira comme elle agit toujours, dit-il en s'adressant à l'Archevêque
de Tolède, et en montrant dans ses regards quelque mécontentement.... Mais
puisqu'elle consent à ce qu'on pousse avec
vigueur la guerre dans les Alpujarras, ce
n'est plus maintenant aux Évêques que je
m'adresse, c'est a mes loyaux et bons Chevaliers.

—Nobles Capitaines, continua-t-il, vous
savez comme Dieu, dans sa bonté, m'a mis en
possession de Grenade, et cela par sa miséricorde et par votre vaillance; et maintenant tous les Maures de la Sierra se sont
révoltés. Voyez donc, nobles Capitaines
et braves Chevaliers, quel est celui d'en-

tre vous qui ira dans la montagne planter
nos royaux étendards sur le sommet des
Alpujarras ; j'aurai cette action en grande
estime, celui qui la fera n'y perdra rien.
C'est ainsi, comme disent les chroniques,
que le Roi donna fin à ses raisons, atten-
dant ce que répondraient les Chevaliers ;
mais ils se regardèrent long-temps les uns
les autres, tardant un peu à répondre,
car l'entreprise était périlleuse, et le retour bien douteux...

Et alors le valeureux Alonzo de Aguilar, voyant qu'on ne répondait point comme
il convenait de le faire, se leva, et s'ôtant
le chapeau de la tête, il dit : — Cette entreprise, Majesté Catholique, il m'appartient de la mettre à fin ; car la Reine ma
Souveraine me l'a promise, si elle se faisait. Et tous les Chevaliers admirèrent la
hardiesse du bon Alonzo de Aguilar. Le
cœur du Roi fut tout réjoui...

Et trois jours après Don Alonzo partit,

emmenant mille hommes d'élite et cinq
cents cavaliers.

Quinze jours après aussi un messager
fut introduit dans le palais. Quoiqu'il fût
vêtu très grossièrement, et que les Seigneurs l'entoura sent, en se riant de lui,
il ne voulut parler qu'aux deux Rois, disant toujours:—Beaux Seigneurs, mes nouvelles sont moins plaisantes que vos discours.

Comme il parlait ainsi, sans vouloir
rien dire autre chose, il fut conduit devant Ferdinand; mais il ne voulut pas
parler encore au Roi, tant que le Roi fut
seul; il demanda qu'Isabelle lui octroyât
la faveur de l'entendre, vaincue par tant
d'obstination, la Reine enfin arriva.

Et alors il mit un genou en terre, et se
prépara à expliquer la cause de sa venue...

—Pourquoi n'as-tu pas voulu parler,
dit Ferdinand, avant que ma très hono-
rée épouse fût ici?

— Parcequ'elle est Reine et vous Roi ,... parcequ'elle est femme compatissante , et vous Monarque très redouté...

— Et d'où viens-tu donc, courrier, pour parler ce langage ?

— Des Alpujarras, très redouté Seigneur...

— De la vallée voit-on bien maintenant nos bannières flottant sur la roche blanche? dit Isabelle.

— Dame très redoutée, on voit des cadavres sanglans de Chrétiens, et des corbeaux qui les mangent...

— Par le Fils de Dieu! insolent menteur, s'écria Ferdinand tout rouge de colère, j'y ferai mettre une croix pour te pendre! Où le brave Aguilar commande, les Chrétiens ne peuvent être battus.

— Alonzo de Aguilar est mort, Sire Roi, et les Morisques ont déjà fait une romance sur lui, qu'ils chantent dans la montagne.

— Et qui l'a tué? qui l'a tué? s'écria la Reine avec angoisse.

— Ismael Ben Kaïzar, Madame, qui en a tué bien d'autres avec lui.

A cette nouvelle, le Roi s'émut en grande furie, la Reine donna tous les signes d'une vive affliction; le messager était toujours à genoux devant eux.

Le Roi lui parla d'un ton très colérique:

— Et qui t'envoie, toi qu'à ton mauvais castillan on peut reconnaître pour étranger? D'où es-tu, vilain?

— Ismael Ben Kaïzar, Seigneur Roi, m'a envoyé; je suis du beau royaume de France, et sujet du Roi très Chrétien.

— Et que viens-tu chercher ici?

— J'apporte des nouvelles, et je viens chercher d'autres nouvelles pour les pauvres habitans des Alpujarras... Kaïzar est un Maure courtois, Seigneur: il a un grand nombre de prisonniers chrétiens, et il les renverra quand la liberté sera envoyée aux Maures dans les montagnes...

—Hélas! hélas! mon bon Capitaine! disait la Reine en essuyant ses yeux pleins de larmes.

— Oh! Madame, Madame! rien que pour vous et la femme qui l'a nourri de son lait, s'il avait été possible de lui faire quartier, Aguilar serait encore vivant. Le Seigneur Ismael a bien pensé que cette mort vous ferait un grand chagrin; il ne veut pas la mort des Chrétiens, mais avant tout, pour les Morisques, il veut la liberté... Hélas! Madame, comme le dit la romance, la cavalerie d'Aguilar ne pouvait rien dans ces grands défilés des montagnes, et il est monté avec son infanterie sur les plateaux élevés, d'où les morts tombaient dans le vallon; Don Alonzo, qui combattait comme un lion, est mort un des derniers. Ils l'ont apporté près d'Ogixar, et tous venaient le voir et l'admirer, car il avait reçu bien des coups de lance;

et la femme chrétienne captive qui l'avait
nourri de son sein est venue le voir...

Et toutes les femmes morisques pleu-
raient en l'écoutant. — Don Alonzo, Don
Alonzo! disaient-elles; que Dieu pardonne à son âme! Les Maures l'ont tué! les
Maures des Alpujarras!

—O Reine et Roi! évitez d'autres malheurs; rendez la paix aux montagnes;
contentez-vous de Grenade la Riche et de
Moclin, son bouclier, d'Alhama, de Velez
Malaga, ces belles et puissantes cités...

—Par le sang de Jésus! dit Ferdinand;
où le bon Alonzo est mort bien d'autres
périront. Pour toi, tu ne périras pas dans
les montagnes: c'est au gibet de cette ville
que tu seras pendu comme un chien, sur
la place de Bivarrambla.

— C'est parceque je m'attendais à ces
bonnes paroles, Majesté Catholique, que
je voulais que la Reine fût présente. Dois-
je périr, Madame, dois-je périr parceque

je suis un messager de paix, et bon Chrétien qui ne veut pas voir périr d'autres
Chrétiens?...

On a déjà deviné que le messager qui
parlait ainsi était notre brave Bourguignon, et bientôt l'on saura comment il se
trouvait en si mince équipage, dans les
belles salles de l'Alhambra, porteur de
nouvelles qui n'avaient pas eu tout le suc-
cès qu'il en attendait; car, pour toute grâce,
il n'avait obtenu que d'aller en prison.

Il nous faut pour cela rétrograder de
plusieurs mois.

CHAPITRE II.

Ismael Ben Kaïzar en Espagne.

Les premiers temps de la guerre des
Maures dans les Alpujarras sont restés
bien peu connus. Il semble qu'après la
grande catastrophe qui donnait Grenade
aux Chrétiens il n'y ait plus eu rien à dire,
et l'on ne sait guère comment s'ourdit
cette grande révolte, qui dura tant d'années, et se termina par l'entière expulsion
de ceux qu'on n'avait pu soumettre; car
avant l'émeute sanglante que ne sut
pas arrêter le Comte de Tendilla, il y eut
des mouvemens qui ne furent pas assez
importans pour qu'on en parlât beaucoup.

Cette guerre fut terrible à son origine et à sa fin. Grenade avait été livrée plutôt qu'elle n'avait été gagnée. Le Roi Boabdil El Chiquito, devenu Souverain d'Almeria, ne se mit nullement à la tête du mouvement qui s'opérait lentement dans les montagnes; il alla mourir lâchement en Afrique. Sa mère, après lui avoir adressé de sanglans reproches de sa faiblesse, s'était faite Chrétienne; la Sultane l'avait imitée. Trop d'avantages étaient offerts aux grands Seigneurs grenadins, accoutumés au luxe des cours, pour qu'ils n'entrassent pas dans le parti vainqueur : ils étaient tous déjà à demi Chrétiens quand ils reçurent les Chrétiens dans l'Alhambra. Jamais guerre ne fut plus courtoise : on voulait sauver l'honneur de ces Chevaliers, qui sont devenus depuis la souche de plusieurs grandes familles de la monarchie espagnole.

Lorsqu'on fut entré dans Grenade, les fêtes cessèrent à peine : aux tournois moresques succédèrent des tournois chrétiens ; les baptêmes pompeux se multiplièrent, le Roi ne se lassait point d'être parrain ; mais la Reine, la noble et excellente Isabelle, s'était sans doute occupée du peuple, et l'on reconnaît son âme à quelques articles de ce traité de paix qui nous est parvenu, et qui est un monument si curieux de l'esprit du temps, quoique à peu près dédaigné des historiens.

L'esprit de la Reine ne s'y retrouve point partout, et il y a certaines conditions tellement indulgentes, qu'on est tenté d'y voir une de ces arrière-pensées politiques si habituelles à Ferdinand.

Comment qualifier, en effet, cet article où il est dit (1) : « Si quelque Maure a blessé ou tué quelque Chrétien ou quelque Chrétienne ses captifs, nul compte ne lui en

(1) Voyez le curieux ouvrage de Marmol sur la révolte des Maures.

sera demandé, et cela en aucun temps. »

Il était évident que de telles conditions ne pouvaient être tenues, qu'on avait un autre plan, et qu'on espérait soumettre à un joug de fer ceux qu'on avait séduits.

Aussi cette prétendue indulgence ne dura-t-elle point long-temps : bientôt on voulut forcer tous les Maures à aller à la messe, et ils profanèrent, durant la nuit, une religion dont on leur imposait les lois extérieures ; et alors l'Inquisition commença ses exécutions secrètes et sanglantes. Ce n'était pas vainement qu'on avait élevé hors des murs de Séville cet horrible *Queimadero* en pierre, où quatre grandes statues, saintes par le nom, horribles par l'usage, retenaient sans cesse de nouvelles victimes qu'on y attachait au milieu des flammes. Les Alpujarras n'étaient point éloignées : il y eut de nobles cœurs qui ne craignirent point la vie dure des montagnes ; on se

joignit au petit corps d'armée qui n'avait
probablement jamais cessé d'exister, et
une guerre horrible commença, une
guerre où l'on tua les femmes et les enfans, où l'on ne respecta point les
vieillards.

Dans cette lutte, les Maures furent peut-
être à la fin encore plus cruels que les Chrétiens : la vie des montagnes les rendit
presque sauvages, et les chroniques rap-
portent qu'ils tuèrent une fois un enfant, lui coupèrent la tête, et l'exposèrent
dans leurs boucheries.

Mais, je le répète, la guerre ne commença pas ainsi : la révolte s'ourdit assez
lentement, et plus d'un Maure, comme
nous l'apprennent les romances (1), continuait après la guerre ses exploits de ga-

(1) Il est à remarquer qu'on ne pourra jamais écrire
l'histoire de cette période sans consulter ces annales poéti-
ques, si franches dans leurs détails, si naïves dans leurs réflexions.

lanterie, sans songer à la patrie malheureuse, qui plus tard devait l'appeler.

En 1491, époque à laquelle Ismael
Ben Kaïzar rentra en Espagne, l'Inquisition avait agi avec une telle rapidité contre les Maures, que l'on comptait six
mille victimes, et ce n'était pas trop aux
yeux de Torquemada...

Kaïzar débarqua à Cadix avec son
compagnon de voyage; le brave Jean d'A-
vallon s'était si franchement attaché à sa
fortune, qu'il ne put se décider à le quitter pour rentrer en France, après que sa
mission auprès de Quintinilla, le contrôleur des finances, fut accomplie.

Cependant Ismael ne lui avait point
fait part de ses projets, car il igno-
rait encore comment il pourrait les ef-
fectuer. Ils prirent une barque à Cadix
pour se rendre à Alhama. Ismael Ben Kaïzar avait encore des parens dans cette
ville, et il voulait les voir avant d'entrer

4.   1.

dans les montagnes. Connaissant la fran-
che loyauté de son compagnon de voyage,
il n'osait lui proposer de venir dans les
Alpujarras; et cependant il éprouvait une
vive douleur, en pensant qu'il faudrait
bientôt se séparer de lui; il avait cependant une assez grande confiance en sa
discrétion pour ne le point quitter sans lui
dire quel allait être désormais son genre
de vie.

Leur traversée de Cadix à Alhama fut
triste; en approchant de la côte, on voyait
partout avec quelle rapidité les coutumes
chrétiennes avaient été substituées aux
coutumes des Musulmans qui feignaient
de les adopter. Kaïzar versait des larmes
de sang, en voyant le changement que si
peu d'années avaient opéré.

Partout des croix dorées brillaient au-
dessus des mosquées qui s'élevaient autrefois dans la campagne, partout l'on entendait le son des cloches, au lieu de ces cris

prolongés qui appelaient autrefois les
Croyans à la prière.

Souvent on avait abattu sans édifier,
les paysans chrétiens et maures n'avaient
pu se confondre ni s'aimer, l'agricul-
ture dépérissait; ces belles citernes d'eau
limpide, ces mille canaux creusés à grands
frais par les anciens dominateurs de Grenade, commençaient à se combler: les
plantes de l'Orient, précieusement culti-
vées par les Maures, se desséchaient faute
de culture; tout se détériorait, et il faut
bien que cela ait été ainsi puisque ces contrées n'ont de semblable aux anciennes
descriptions qu'un beau ciel, que les
hommes ne peuvent faire changer.

Dans la bourgade voisine d'Alhama, où
Kaïzar espérait trouver quelques-uns de
ses parens, on lui apprit qu'ils étaient
allés habiter la petite ville de Bentomiz,
au milieu des montagnes; mais un vieux
Maure auquel il s'adressa, l'engagea à

prendre le costume espagnol s'il voulait
parvenir à la ville où s'étaient réfugiés
les restes de sa famille.

À cette époque on craignait encore de
nouveaux soulèvemens, et la Sainte Her-
mandad faisait une surveillance exacte
pour empêcher que les Maures pussent
former des attroupemens.

Il apprit encore de ce vieux serviteur,
que l'on parlait beaucoup du mécontentement qui se manifestait dans les Alpujarras, et qu'on répétait de toutes parts
ces chants de guerre et de douleur qui
avaient été composés lors de la prise de
Malaga.

Cependant une autre pensée agitait encore Kaïzar : quoiqu'il eût perdu tout espoir de revoir la nièce de Bovadilla, il ne
pouvait se décider à entrer dans les Alpujarras sans savoir ce qu'elle était devenue.
Il avait appris par Ojeda la perte qu'elle
avait faite de son oncle le Génois; son

sort l'inquiétait vivement, et malgré lui,
toutes les fois qu'il pensait à la nièce du
brave Andreas, le souvenir d'une autre
femme venait se mêler à sa pensée... Et
ce souvenir là n'était plus sans remords...
Il lui semblait, en voyant la tiédeur de
ses compatriotes, qu'ils ne méritaient pas
le grand sacrifice qu'il leur avait fait, et
surtout le parjure dont il se sentait coupable.

Après bien des démarches, il apprit que
le commandeur de Calatrava avait emmené
Dorothée à Séville, où il occupait un em-
ploi important ; cette nouvelle l'affligea,
il avait espéré un moment qu'elle était
à Grenade, et peut-être malgré le motif
qui l'entraînait vers les montagnes, se
serait-il exposé à aller sous les murs de
l'Alhambra pour revoir un seul instant
cette belle Chrétienne, qu'il avait essayé
tant de fois de ne plus aimer, et qui revenait à sa pensée comme un songe à la

fois triste et doux, alors même qu'il songeait avec douleur à la pauvre Indienne qui lui avait été si noblement dévouée.

Il termina donc bientôt tous ses préparatifs de départ pour Bentomiz; il songeait à faire part au brave Français du projet qui l'animait, quand celui-ci entra dans la chambre de la Venta où ils demeuraient tous deux, et lui apprit qu'un petit navire mouillé dans le port lui avait annoncé qu'on avait vu depuis quelques jours plusieurs bâtimens français à Barcelone, et qu'il se voyait contraint de se rendre dans cette ville, dans l'espoir d'avoir des lettres de Bourgogne qu'il attendait depuis long-temps.

— Je vous quitte donc, Morisque, lui dit-il; mais, à coup sûr, je vous reverrai dans cette ville ou dans une autre.

— Il sera difficile de me revoir, brave

Nasra, lui avait répondu Ismael en lui tendant la main.

— Et pourquoi, Seigneur Kaïzar ?

— Parceque je serai comme ces oiseaux de proie qu'on ne rencontre que dans les montagnes. Et il apprit à Jean d'Avallon quels étaient ses projets.

— Ismael, Ismael, lui dit celui-ci, il n'est pas séant à un Chrétien de se battre contre des Chrétiens ; mais je ne puis toutefois vous désapprouver : cependant la vue d'un ami vaut bien la peine d'entendre siffler quelques balles à ses oreilles. Dans deux mois j'irai vous revoir avant de retourner pour toujours en France.

Cette marque d'affection à laquelle ne s'attendait pas le Maure, l'avait touché vivement ; il désigna à Jean d'Avallon un petit village des Alpujarras où celui-ci pouvait le trouver ; et il lui donna en arabe un sauf-conduit, qu'il espérait bien ne pas rendre inutile. Ils s'embrassèrent, et par-

tirent tous deux à cheval par des routes
différentes.

Ismael s'était vêtu d'un habit espagnol ;
il savait qu'à Bentomiz il trouverait des
armes, et il s'était contenté d'emporter
une dague et une épée de Tolède d'une
trempe merveilleuse ; ainsi vêtu du pourpoint et du petit manteau au lieu de la
marlotte mauresque et du capellar, il avait
l'air d'un Chevalier chrétien de bonne mine
voyageant à petites journées.

Il avait fait à peine deux lieues quand il
rencontra un Cavalier du même âge à peu
près que lui, vêtu également à la castil-
lane, portant la dague et l'épée, et une
toque de satin vert qu'on aurait prise,
comme dit la vieille romance, pour une
verdoyante émeraude.

Celui-ci s'approcha de lui, le salua cour-
toisement, et lui demanda quel chemin il
fallait suivre pour aller à Gelves. — Au
bout de cette grande allée de chênes verts,

vous trouverez, je pense, une route qui
pourra vous y conduire, répondit Kaïzar.

— Oh ! oh ! Seigneur Cavalier, à votre
accent il me semble que j'aurais pu tout
aussi bien vous parler arabe que castillan.

— Cela se peut, car les enfans du Prophète se reconnaissent aisément.

— Eh quoi ! Seigneur Cavalier, vous
n'allez pas aux joutes de Gelves ? à en juger
par votre bonne mine, et la manière dont
vous portez vos armes, le bon Gazul lui-
même, qui doit combattre pour la belle
Lindaraxa, aurait la male journée ; les romances castillanes ne parleraient que de
vous.

— Je pense à d'autres jeux et à d'autres
romances, Seigneur Maure ; et tout homme
qui a un alfange de fine trempe au côté
doit se soucier peu, je crois, des romances
castillanes que composent, dit-on, maintenant des Maures sans honte. Pour moi,
Seigneur, en fait de poésie, je m'en tiens

4.   2

aux vers d'Aboul'béça Saleh, de la ville de
Ronda. Et -il se prit à chanter ces vers
arabes que tous les Maures savaient alors
par cœur :

Un coup affreux, irremédiable, a frappé l'Espagne ; il a retenti jusqu'en Arabie, et le mont Ohod
et le mont Thalan se sont écroulés...

L'Espagne a été frappée dans l'Islamisme, et
elle a été affligée au point que des villes sont devenues désertes.

Demande maintenant à Valence ce qu'est devenu Murcie ! Où trouver Xativa ?... où trouver
Jaën ?

Où trouver Cordoue, le séjour des talens ? Où
sont tous ces savans qui ont brillé dans son sein ?...

Où trouver Séville et les délices qui l'environnent ? Où est son fleuve, qui roule des eaux si
pures, si abondantes, si délectables ?...

Villes superbes, vos fondemens sont les fermes
soutiens des provinces... Ah ! comment les provinces se soutiendront-elles si les fondemens sont
renversés ?...

Ainsi que l'amant pleure l'absence de sa bien-
aimée, l'Islamisme désolé pleure !

Nos mosquées sont transformées en églises, et
nous n'y voyons que des cloches et des croix.

Nos chaires et nos sanctuaires, quoique d'un
bois dur et insensible, se couvrent de larmes et
gémissent sur nos malheurs !

Toi qui vis dans l'insouciance tandis que la fortune te donne des conseils, si tu es endormi sache
que ta fortune est éveillée !

Tu te promènes satisfait et exempt de soucis :
ta patrie t'offre encore des charmes ; mais l'homme
a-t-il une patrie après la perte de Séville (1) ?...

—Moi, je dirai après la perte de Grenade,
ajouta Kaïzar. Et, au bout de quelques momens de silence, il mit son cheval au pas
en considérant tristement la campagne.

Ensuite il fixa ses regards ardens sur
son compagnon de voyage, qui semblait
depuis quelques instans un tout autre
homme, et qui le regardait avec des yeux

(1) Voy. les Notes.

pleins d'enthousiasme. — Aux jeux de la ville de Gelves, Seigneur, avait encore repris Ismael, vous n'entendrez pas de semblables romances. On vous chantera *Miras Zayde que te Aviso*, ou quelque autre chanson d'amour; mais pour des chants de guerre, il n'y en a pas d'autres maintenant que ceux qui attestent notre honte... Et il n'y a que la vengeance qui puisse effacer la honte; rappelez-vous ces vers du Hamasa :

> Vengeance fut notre joie, pleine vengeance !...
> De deux tribus nous laissâmes vivre peu d'hommes,
> le moins possible...

— Je comprends maintenant, Seigneur Cavalier, je comprends quels sont les jeux où vous allez; mais je vous répondrai avec le poète: La lance avait soif, elle fut dés-altérée à la première coupe... mais on l'empêcha de boire à plusieurs reprises.

— Eh! qu'importe, qu'importe, si la

lance se désaltéra une fois seulement !

— Eh bien ! dit alors le Maure, puisque telle est votre résolution, je n'essaierai pas de vous en détourner. C'est apparemment une inspiration du Prophète. Je dirai même que votre vieille chanson m'a ému, et que peut-être un jour j'irai vous joindre dans la Sierra, comme l'hyène qui se retire dans la solitude pour fondre ensuite sur les lieux habités ; mais maintenant je vous donnerai un conseil, c'est de ne point aller à Bentomiz ; et puisque vous connaissez si bien les vieux poètes, je vous engage à songer au refrain de la romance des Zégris. Croyez-moi, croyez-en un ami ; rendez-vous directement dans la Sierra Nevada, ou mal vous arrivera ; pour moi, je vais aux jeux des canes ; la belle Nawara m'a brodé une écharpe, et, comme dit la romance, cette Dame est devenue l'Alcayde de ma volonté. Quand elle le voudra, Seigneur, j'irai cependant vous joindre dans la Sierra ; ce n'est pas, je vous prie de le croire, le courage qui me manque. Adieu, n'allez pas à Bentomiz...

Et en disant ces mots, le jeune Maure salua gracieusement Ismael, et s'élança avec rapidité vers le chemin qui conduisait à Gelves ; mais en le voyant s'éloigner Kaïzar ne put s'empêcher de dire : —Va, va, on ne dira jamais de toi ce que dit Hareth du guerrier : « Quand nos héros ôtent leurs cottes-de-mailles, vous voyez leur peau noircie offrir les traces de l'acier qui la pressait. » Cependant il pensa que l'avis qu'il venait de recevoir pouvait être bon, et il prit la route qui devait le conduire le plus directement dans les Alpujarras. — Là du moins, se disait-il, je trouverai des hommes qui répondront aux vers du vieux poète et à la volonté du jeune soldat.

Après quelques jours de marche, il pénétra dans la vallée d'Esfaaragà, puis

il entra dans la Sierra, il y reprit ses vêtemens moresques; partout il fut reconnu,
et en moins de rien son nom fut l'objet
de plusieurs romances, que répétèrent les
échos des montagnes.

A mesure qu'il avançait, la nature
prenait un caractère plus âpre. A l'origine des montagnes, les différentes cul-
tures n'étaient pas encore abandonnées;
mais plus loin tout était presque sauvage; il quitta Aloaïs, d'où l'on pouvait
encore apercevoir les tours élevées de
Grenade, et partout des croix d'or brillaient sur les édifices musulmans; bientôt
il entra dans la contrée que les Castillans
appelaient la Tierra del Sirgo, et les
Arabes la Renzillosa, à cause de l'abondance des soies qu'on y fabriquait, puis
il se trouva immédiatement dans un pays
sans culture, au milieu des grands texos à
feuillage de cyprès qui donnent un aspect
si funèbre à ces montagnes.

Là il trouva assemblé les chefs de l'insurrection, qui connaissaient déjà son arrivée, et qui l'accueillirent avec empressement. La persécution leur avait donné une incroyable énergie, et l'on ne peut pas mieux les comparer peut-être qu'à ces Klephthes de la Grèce, objets de l'admiration des hommes qui n'avaient pas la force d'imiter leur exemple, mais qui chantaient sans cesse leurs exploits.

Seulement la rudesse des insurgés maures était tempérée à l'origine par ces formes chevaleresques devenues l'apanage des habitans de Grenade; il n'en fut pas de même à la seconde génération, leurs coutumes devinrent celles des soldats endurcis, leur fureur de vengeance s'augmenta comme la fureur des persécutions.

Dans le principe, on trouvait donc au sein des Alpujarras une partie de cette civilisation gracieuse qui s'unissait à un ardent courage chez les Maures de la plaine; et

ce fut sans doute cette raison qui fit ac-
cueillir avec tant d'empressement Kaïzar,
dont on disait avec enthousiasme les
actions éclatantes, en même temps qu'on
rappelait sa grâce dans les tournois. Ce
qu'il avait espéré arriva; il fut choisi par
les siens pour commander une partie de
l'armée qui s'organisait dans les montagnes.

Un jour on vint l'avertir qu'un Chrétien qui n'était pas Castillan demandait
à lui parler; c'était le brave Jean d'Avallon, qui tenait sa promesse et qui venait lui
faire ses adieux; il lui apprit que des affaires importantes le rappelaient en France
avant la fin de l'année, et qu'il avait pris
la résolution de mettre un terme à sa
vie errante; mais qu'auparavant il avait
voulu voir encore son brave compagnon de
voyage, auquel il ne manquait, disait-il,
pour être parfait, que d'être quelque peu
Chrétien.

Et il faut le dire, au bout de peu de jours la vie des Maures ne lui déplut nullement; dans les châteaux des Alpujarras on retrouvait encore quelquefois la gracieuse hospitalité de Grenade, et les gens de la plaine fournissaient secrètement aux montagnards une partie de ce dont ils auraient manqué. Les vins généreux animaient les banquets. Un grand espoir d'indépendance exaltait encore ces Chevaliers.

Un mois après, comme on était en grand repos, le jeune Maure qu'avait rencontré Ismael alors qu'il se rendait dans les montagnes, se présenta de nouveau à lui; après lui avoir exprimé son étonnement de voir chef des insurgés un homme qu'il avait pris simplement pour un de ces mécontens, comme on en rencontrait sans cesse, il lui apprit que la vieille romance était souvent revenue à sa pensée, et qu'aux jeux de la ville de Gelves, en sentant la vigueur de son bras, il s'était demandé : A quoi pouvait être bon le Maure, qui ne savait manier que la javeline déliée du jeu de bague. — Je viens, continua-t-il, au jeu des fortes lances, au jeu des flèches acérées. Et il fit connaître en même temps l'expédition méditée dans Grenade; on vient de voir quel en fut le résultat. Jean d'Avallon, en sa qualité de Chrétien, n'avait voulu prendre aucune part à l'affaire; ce n'était pas qu'il eût évité le danger : sans combattre, il avait été témoin de la bataille, il avait vu les Espagnols s'engager dans les défilés sans pouvoir faire usage de leur cavalerie, tandis que les Maures, du haut des rochers, leur lançaient leurs quadrillos, espèce de flèches à quatre pointes.

Puis, quand on en était venu réellement aux mains, il avait vu avec quelle rapidité les alfanges des Maures taillaient les armures des chrétiens; car ce sont toujours d'horribles batailles que ces batailles où l'on dit Dieu et Allah, saint Jacques et Mohammed.

Après la bataille gagnée, il y eut un conseil sur ces montagnes sauvages où le carnage avait commencé ; c'était le soir, les chefs étaient assemblés autour d'un feu ardent, comme il en faut allumer dans ces lieux élevés, brûlés à leur base, glacés à leur sommet ; et c'était un spectacle à la fois noble et imposant que celui de ces guerriers maures, qui sentaient parmi eux renaître l'honneur ; les Alarifes, les Azarques, ceux des Vanegas qui ne s'étaient pas faits chrétiens, quelques Zégris, voilà les hommes qu'on remarquait après Kaïzar ; un reste de magnificence attestait le haut rang dont ils avaient joui dans Grenade. Seulement sur leurs targes de Fez on voyait des devises bien différentes de celles qui ornaient autrefois leurs écus dans de brillans tournois.

Là, au-dessus d'une main tenant une

dague acérée, on lisait : *Sans repos dans l'esclavage;* ici la foudre sortait d'un nuage, et la devise disait : *Moins de bruit, mais plus rapide.*

Sur le targe de Kaïzar, on voyait un loup aux yeux ardens, et ces mots du Hamasa : *Il resplendit dans les combats.*

Quand les capitaines furent réunis, on entendit durant quelque temps les sons éclatans des anafiles d'argent et des clairons, qui célébraient le triomphe des Maures, et qui l'apprenaient aux habitans les plus solitaires des montagnes. Puis tout retomba dans un profond silence, les simples guerriers, fatigués de la journée, s'endormirent, tandis que les chefs discutaient quels étaient les avantages qu'on pouvait tirer de cette victoire, qui allait apprendre aux Chrétiens les difficultés d'une guerre dans les Alpujarras.

Je l'ai déjà dit, le Maure de Grenade se retrouvait toujours dans le Maure des

montagnes; tous ces Seigneurs fugitifs se
rappelaient avec douleur le charme d'une
vie chevaleresque parmi les Chrétiens,
alors qu'on n'enviait plus leur pouvoir,
mais qu'on admirait leur valeur; les uns
disaient qu'on devait faire des propositions aux deux Rois, que les Alpujarras
pouvaient former un royaume, que plusieurs villes franches des montagnes ac-
cordées au Roi Boabdil prendraient
cette splendeur qu'on admirait autrefois
dans Grenade, et qu'enfin leurs manufac-
tures de soie les rendraient toujours néces-
saires à l'Europe. Kaïzar ne partageait
pas d'abord cet avis-là; mais il avait vu le
caractère que la guerre devait prendre,
c'était une guerre d'extermination qu'il
fallait commencer, ou une noble indépendance qu'on venait de conquérir. Il se
joignit à ceux qui demandaient une liberté qu'on avait achetée par la victoire.

Cependant le messager était difficile à

trouver, un Maure parlementaire devait
rencontrer beaucoup d'obstacles avant de
parvenir jusqu'aux Chrétiens. Déjà l'on
cherchait parmi les prisonniers un homme
intelligent qui voulût se charger de cet important message. Quand notre brave Français se présenta, on accueillit avec recon-
naissance ses offres pleines de zèle; la
lettre écrite par un Alfaquis lui fut
remise ; elle contenait des propositions
que le fanatisme du temps, ainsi que la
véritable politique devaient faire également rejeter; aussi le furent-elles. L'on a
vu ce qui advint au messager.

Jean d'Avallon fut donc plongé dans
un des cachots de l'Alhambra, qui ne par-
ticipait en rien de la magnificence de ce
palais; il eut tout le temps d'y méditer sur
le danger qu'il y avait pour un Chrétien
à se mêler des affaires des Maures ; cependant, à la requête de l'ambassadeur de
France, au bout de huit jours, un ordre

de la Reine Isabelle le fit élargir; il lui
était seulement enjoint de ne pas sor-
tir de la ville jusqu'à ce que les troubles
des Alpujarras fussent apaisés. Les deux
Rois ne prévoyaient guère que cette sanglante révolution ne s'achèverait point
sous leur règne, et peut-être Jean d'Avallon serait-il resté long-temps encore dans
Grenade sans un évènement qui ne tarda
point à arriver.

CHAPITRE III.

L'Auto-da-Fé.

Les choses étaient préparées pour un bel auto-da-fé, et le peuple se réjouissait comme il se réjouit toujours en ces sortes d'occasions.

— Cette sainte cérémonie est fort belle à voir, disait l'un.

— Et très salutaire aux âmes infidèles.

—Sainte Vierge! que Dieu multiplie de tels exemples! puissent périr ainsi tous les Maures des Alpujarras! Et par l'aspect de toute sa personne, à je ne sais quel trouble répandu sur sa physionomie, on pouvait

4.   2.

penser que celui qui parlait ainsi n'était
pas des plus vieux Chrétiens.

— Vous ne parliez pas sur ce ton il y a
deux ans, Don Bernaldez, dit d'une voix ai-
gre une vieille femme qui était près de lui,
quand je vous demandais si vous croyiez
au miracle de la tête de saint Onufre, évêque des Goths, qui regarde toujours les
pécheurs de travers...

Le Maure converti se signa et n'osa pas
répondre...

— A coup sûr, reprit la vieille, c'est
faire bien de l'honneur à ces infidèles, que
de les brûler comme le grand saint Lau-
rent.

— Juanita, Juanita, disait une jeune
fille, dépêchons-nous de voir ce beau cor-
tége de pénitens pour aller danser chez
la Giliana.

— Paix, paix! il ne s'agit pas de danses
de jeunes filles où dansent les flammes
sur un bûcher, à la triste musique des pé-

nitens, dit un homme vêtu de noir, et dont les yeux montraient tout le fanatisme... Ceci est un plaisir salutaire, mes anges. Puis jetant un regard perçant sur la procession qu'on voyait dans l'éloignement, on eût dit que ses yeux voulaient les dévorer comme la flamme.

— Ils brûlent, dit-on, le vieux juif Abraham Malahbrahizha, reprit un jeune Cavalier en manteau de velours vert à broderies d'argent, ceci éteint les dettes de bien des Chrétiens.

— Ils le fouettent seulement, répliqua d'une voix laconique l'homme vêtu de noir; sans doute il eût été mieux d'en faire un grand exemple; mais le Saint-Office est plein de clémence maintenant.

Le Cavalier au manteau vert releva sa moustache en fronçant le sourcil. — Le Saint-Office est sans doute bien indulgent; il n'y a plus maintenant nul plaisir à ces autos, et...

Comme il achevait ces mots, une pauvre femme leva sur lui ses grands yeux noirs éteints par les larmes, puis elle baisa avec l'expression de la plus vive angoisse un crucifix de cuivre qu'elle portait suspendu au cou ; on l'entendit murmuer à voix basse : — Trois ans, trois ans sans le voir, avant de le voir mourir... Un regard de l'homme vêtu de noir la fit changer de place, et en s'éloignant elle serra fortement son enfant contre son sein...

Plus le moment de l'exécution approchait, plus les voix devenaient confuses. Nulle voix ne se faisait entendre audessus des autres voix ; le peuple était recueilli en son plaisir, et le bruit qui sortait de la multitude n'était ni joyeux ni triste ; c'était le bruissement calme et prolongé des flots qu'on n'entend pas encore mugir, mais qui grondent en roulant sur la grève. Il y avait une sorte de recueillement dans cette multitude, essayant ses forces par la vue d'un auto-da-fé pour savoir comment il faudrait se réjouir un jour de ses victoires du Nou-veau-Monde.

Et au milieu de ces hommes qui parlaient avec joie ou avec indifférence, durant ce bourdonnement confus d'oraisons et de sages réflexions sur la clémence du Saint-Office, un homme se promenait avec agitation; tous ses traits étaient altérés par un chagrin violent, qu'il faisait de vains efforts pour réprimer.

Il essuyait furtivement une larme, puis il prêtait l'oreille aux discours qu'on tenait autour de lui, traversant la foule en sens divers, et s'écriant de temps à autre en français:—Ils le brûleront; ils brûleront le bon Morisque! il leur a fait trop de mal dans les Alpujarras. Par Notre-Dame de Paris! ils le brûleront, j'en suis sûr. Puis, comme si une idée nouvelle l'eût éclairé, sa figure s'épanouit, il se frappa le front avec la main, comme quelqu'un qui prend une résolution forte et décisive ; il partit subitement de l'endroit où il se trouvait, écarta la foule qui s'opposait à son passage, et fut bientôt au couvent des Dominicains, d'où la procession des Pénitens devait arriver.

Quelques heures après, les torches ardentes furent apportées sur cette place où tant de peuple était dans l'attente. Il n'y avait plus de conversations, mais des regards ardens, des cœurs palpitans d'effroi et de curiosité. Quand les yeux eurent suffisamment contemplé ces flammes qui allaient allumer d'autres flammes, les discours furent repris à voix basse comme auparavant, des mains furent doucement pressées, des bouquets gracieusement offerts, et l'on oublia l'horreur de cette sanglante tragédie ; car elle était ainsi, cette nation espagnole du quinzième siècle, mê-

dant les plus douces émotions aux plus
fortes secousses de l'âme, charmant ses loi-
sirs par des auto-da-fé ou des propos galans.

Cependant l'heure approchait où un silence religieux allait régner dans cette
multitude. Déjà les dignitaires ecclésias-
tiques avaient pris leur place, lorsqu'on
introduisit dans l'enceinte vingt Sauvages
qui étaient venus comme prisonniers sur
le dernier navire parti d'Haïti : c'étaient
les restes de ce qu'on appelait une nombreuse *Cavalgada*. Il y avait trois femmes
seulement ; les autres étaient des guerriers
caraïbes ou ciguayens. Ils venaient d'être
récemment baptisés, et l'on pensait qu'un
spectacle comme celui qui allait être offert
par l'Inquisition serait salutaire à ces nouveaux néophytes, qui recevraient ainsi
d'une manière terrible des dogmes qu'on
voulait rendre imposans à leurs yeux bien
plus que touchans à leur cœur.

Parmi les trois femmes, il y en

avait une que nous avons déjà vue.

Nouna-Koali était à cette épouvantable cérémonie. Déjà remarquable par sa
beauté, par la richesse de sa parure indienne, une couronne d'or entourait ses
longs cheveux noirs et indiquait le rang
dont elle jouissait dans sa terre natale;
sa longue tunique blanche faisait voir
qu'elle était mariée; l'abattement de ses
regards disait d'autres souffrances que
celles d'une longue traversée. Ses deux
compagnes étaient beaucoup plus âgées
qu'elle; leur parure était plus simple;
elles étaient tristes, mais de cette tristesse
qu'ont tous les Sauvages loin de leurs
forêts.

Les guerriers d'Haïti paraissaient acca-
blés de leur sort; les Caraïbes montraient
une farouche indifférence pour ce qui se
passait autour d'eux.

Au bout de quelque temps, le plus
jeune dit à celui qui était assis près de

lui : — On va manger des hommes : ce spectacle est fort beau ; je m'en réjouis. Si Caonabo, le Seigneur de la Maison-d'Or, n'était pas mort sur les grandes eaux,... il se réjouirait comme Maboya se réjouit quand les hommes meurent.

— Mon frère, lui dit l'interprète qui était assis près d'eux, on les brûlera seulement.

— Ceci sera moins beau, reprit laconiquement le Sauvage... Puis ces Indiens retombèrent dans leur apathique indifférence, jusqu'à ce que la procession se mit en marche vers le lieu de l'exécution.

Alors le plus jeune des frères de Caonabo, Yuanat ou le Crocodile, se prit à rire silencieusement, baissant son front difforme pour mieux voir la cérémonie. Il dit au Caraïbe qui avait parlé avant lui : — Les hommes de la mer sont puissans ; ceci me réjouit.

Et, comme les chants en faux-bourdon commençaient : — Ce chant de mort est fort beau, et je m'en réjouis encore. Les Indiens étaient sortis de leur silencieuse apathie, et on devinait par leurs regards que la horde féroce s'apprêtait à de nouveuax plaisirs.

Les Pénitens parurent avec leur San-Benito et leurs robes couvertes de flammes peintes; un Ciguayen demanda s'ils avaient été de redoutables ennemis : c'étaient de pauvres Juifs qu'on allait brûler. L'interprète dit leur crime, il expliqua le jugement de l'Inquisition, et les Sauvages tombèrent dans l'étonnement, se parlant quelquefois à voix basse, cherchant à expliquer ce qu'ils ne pouvaient comprendre, laissant toujours voir sur leur visage l'expression d'un farouche plaisir, et en même temps d'une surprise inquiète.

Les Juifs défilèrent d'abord, les relaps vinrent ensuite; les Maures les suivaient, et il y en avait un qui marchait la tête haute, le regard assuré, considérant la foule avec dédain, n'écoutant pas le moine de Saint-Dominique qui lui parlait. Il passa près de la tribune où étaient assis les Indiens; un cri d'angoisse partit du milieu des Sauvages, et retentit à son oreille malgré le bruit des cloches, le chant des prêtres et le murmure de la multitude. Cette voix lui était bien connue; il voulut tourner la tête, mais il ne vit rien : la jeune fille qui avait crié au milieu de cette multitude était tombée sans mouvement entre les bras de ses compagnes, surprises de l'avoir entendue jeter un cri si déchirant. Ismael baissa la tête et continua sa marche : — C'est un songe, un songe bien triste, mais cette voix est toute semblable à celle de Nouna-Koali la bonne Indienne... Et il répéta long-temps deux noms, qu'il mêlait au nom d'Allah.

Quelques minutes après, le bruit des cloches redoubla, la musique s'éleva ma-

jestueusement dans les airs, et huit bû-
chers s'allumèrent ; le bruit des cloches
et la musique couvrirent les cris des
victimes, qu'on entendait par intervalles
au milieu de cette épouvantable harmonie.

Un Sauvage s'écria : — Les hommes
blancs savent se réjouir, et ceci est merveilleusement beau. Si Caonabo n'était
pas mort... il se réjouirait, le bon Chef.
Hélas ! hélas ! Caonabo est mort.

CHAPITRE IV.

L'Inquisiteur.

—Oui, mon révérend Père, j'en jure par ma tête, et, ce qui est plus précieux, par la châsse de Notre-Dame d'Auxerre. Ce Maure, qui devait être brûlé aujourd'hui dans le saint auto-da-fé, et que vous avez si chrétiennement sauvé du bûcher pour le renvoyer après la cérémonie à son cachot, Ismael Ben Kaïzar connaît mieux les trésors renfermés dans les temples idolâtres d'Hispaniola que tous les mineurs envoyés par les Rois de Castille et de Leon.

—Et vous pensez, mon fils, que ce

Maure, dont vous nous répondez sur votre
tête, révèlerait aisément au saint ordre
des Dominicains la place où sont cachés
ces trésors;... que plus tard il pourrait se
faire Chrétien ?

— Pour découvrir les trésors, il le fera,
j'en suis certain, après que je lui aurai
parlé; il ne tient non plus à l'or qu'un
autre à des cailloux. Quant à se faire Chrétien, je n'ai pu promettre cela, mon révérend Père, je connais trop bien le Morisque. Il a ses idées comme nous avons les
nôtres; plût à Dieu qu'elles fussent chrétiennes ! mais elles sont d'un homme plein
de bravoure et aussi plein de cœur, inca-
pable de forfaire à son honneur, quoiqu'il dise *Allah* comme nous disons mon
Dieu...

— Nous en parlerons à Monseigneur
Fonseca, qui ne peut rien tirer du Génois
pour lui ou pour les siens, et qui a sans
doute autant de droits aux faveurs des

Rois d'Espagne qu'un étranger qui, pour tout mérite, s'est laissé jeter par les vents et le hasard sur une terre où l'or est, dit-on, aussi commun que le sable.

— Pas tout-à-fait, pas tout-à-fait, mon Révérend ; mais il ne faut pas parler ainsi de l'Amiral. Le Seigneur Christophe a fait autre chose qui doit être tenu à estime par les gens de religion ; il a baptisé nombre d'idolâtres ; et, bien que j'en sois indigne, je l'ai souvent aidé dans cette noble mission ; son âme est belle aux yeux de Jésus...

— Bon, bon ! Seigneur Français ; il ne s'agit pas des querelles de l'Évêque et du Génois, qu'ils appellent l'Amiral ; il s'agit du Maure et des cavernes d'Hispaniola, et de ces grandes idoles, toutes d'or fin, qui y sont renfermées ; le couvent en a besoin, et ce n'est qu'à cette considération qu'on a pu arracher au bûcher ce Maure dont on a eu tant de peine à s'emparer dans la

Sierra Vermeja, cet Ismael Ben Kaïzar si haï du Roi Don Ferdinand, mais si aimé des Dames, qu'il avait su intéresser à son sort toutes celles de la cour, et jusqu'à Béatrix Galindez, surnommée la Latina ; et cependant elle aime mieux que tout autre un bel auto-da-fé. La Reine, enfin, c'est tout vous dire, la Reine n'a pu le sauver, et nous le sauverons !...

— Mon Révérend, s'il veut seulement vous indiquer le morceau d'or qui sert de trône au Zémès de Xamana, il y a de quoi faire une chaudière d'or fin pour tout le couvent, et un beau hanap pour votre Révérence.

— Et vous, mon fils, dit le vieux Moine en entendant ces mots qu'il écoutait avec une joie contenue qu'il avait la plus grande peine à dissimuler, et vous, mon fils, dans vos courses au sein des montagnes, n'avez-vous pas rencontré quelques idoles hideuses faites par le Démon, d'un métal pur;

qu'on pourrait fondre dans un creuset béni ?

—Oh ! quant à ce qui me regarde, mon révérend Père, c'est une chose fort différente; je suis bon Chrétien, n'ayant rien à faire avec la sainte Inquisition. Cependant...

—Ne dites pas, mon fils, reprit en l'interrompant le Moine de Saint-Dominique; ne dites pas que vous n'avez point affaire avec le saint Office. Songez que vous êtes dans les salles du tribunal... Et les yeux du Moine jetèrent tout-à-coup un feu sombre bien opposé au son modéré de sa voix. Jean d'Avallon comprit aussitôt que son air habituel d'indépendance pouvait nuire singulièrement à la cause de son ami et peut-être à sa propre liberté; il se hâta de répondre : —J'allais dire, mon révérend Père, que quelques courses dans les montagnes d'Hispaniola ne me coûteraient rien pour le service du couvent; et que si un chapelet à grains d'or vous convenait, j'en avais un à votre disposition, qui n'a servi qu'à un vieux Chrétien.

— Ceci est bien parlé, répondit alors d'un ton fort radouci le Père Antonio Giraldez, infiniment mieux parlé ; et nous acceptons avec joie ce que vous nous offrez pour le salut de votre âme, vous promettant de prier pour vous avec votre chapelet à patenôtres d'or ; mais pour le bien de la sainte entreprise que nous avons commencée, il est bon que vous ne sortiez point du couvent, mon fils, et que vous parliez au Maure Ismael, qui, étant désormais serviteur de l'Ordre, sera bien traité, ainsi que vous. Il y eut ici une pause, et le Moine réfléchit.

— Attendez ici quelques heures ; et, pour que votre temps ne soit point perdu, priez pour nos pauvres reclus, que nous enfermons bien à regret, mon fils, mais que nous sauvons aussi avec bien de la joie.

En disant ces mots le Père Giraldez enferma à double tour Jean d'Avallon dans la salle du saint Office. C'était une vaste chambre qui servait d'entrée au tribunal, et qui n'était éclairée que par une faible lumière venant de fenêtres fort élevées, garnies d'énormes barreaux de fer.

Si l'on est curieux de connaître comment notre joyeux et brave Français sortit de ce lieu lugubre, la chose va bientôt s'expliquer.

CHAPITRE V.

Suite.

Ce n'était pas à l'étourdie que Jean d'A-vallon était venu dans ce lieu, c'était une résolution forte et hardie qui l'y avait conduit. Il passa assez bien la fin de la journée sans que personne songeât à l'interrompre dans ses graves réflexions. La nuit vint et elle trouva notre brave Bourguignon en prière ; car, après avoir examiné rapidement le lieu où il se trouvait, il avait jugé à propos de suivre le conseil du Dominicain.

Il dit donc ses meilleures oraisons pour le repos de l'âme des morts et pour la li-

berté des captifs. Puis il lui vint à la pensée de chercher quelque joyeux refrain,
comme il avait coutume de le faire toutes
les fois qu'il voulait dissiper son ennui :—
Eh bien! dit-il, après tout, si c'est mon
chant de mort que je dois chanter comme
les braves Caraïbes de par-delà les mers,
il ne sera pas plus triste que tous ceux
que j'ai faits jusqu'à présent, et j'aurai
probablement sauvé le bon Ismael... Il n'y
a que mon vieux père...; mais on lui a
déjà dit, en parlant de moi, comme
l'excellent Martial de Paris :

> Or, il est mort puisqu'il a plu à Dieu
> Las! n'est pas mort, mais il est trespassé!

Et il y en a plus d'un à Auxerre qui lui
aura assuré que ce n'était point grand
dommage ;... d'ailleurs je lui enverrai une
belle épître et un quartaut de ce bon vin
de Sétuval, par la Biscaye... Mais, hélas!
la petite Jeanne!... ce doit être un mai

fleuri maintenant, rieuse et folâtre, ou-
blieuse de ses vieux amis, songeant aux
nouveaux.... Et en pensant à Jeanne, la
fille du Tabellion, il voulut mettre ensemble quelques rimes; mais ce fut en vain,
sa verve l'avait abandonné; et il se prit à
dire, avec un grand soupir : — Oui, oui,
l'alouette chante encore dans la brume,
mais elle chante mieux au soleil, sous la
voûte bleue... Après tout, je ne sais ce qui
me point : nul au monde n'est peut-être
prêt comme je le suis;... et en guise de tes-
tament, je puis répéter ce qu'a dit, il y a
bien long-temps, le vieux Jean de Meung
en son codicile poétique :

> Dieu m'a par maints périls conduit sans meschéance;
> Dieu a donné aux miens honneur et chevissance;
> Dieu m'a donné servir les plus grands gents de France;
> Dieu m'a trait sans reproche de jeunesse et d'enfance.

Et quand il voudra il pourra m'em-
mener; j'irai tranquillement vers lui avec
ma guiterne et ma bonne épée : l'une

a réjoui bien des affligés, l'autre n'a
jamais frappé sans justice; et ceci, je le
dois au vénérable Lorris, notre bon rec-
teur : que son âme en soit toute glori-
fiée !... Je n'aurais eu qu'un bras, et il
m'a donné un cœur.

Jean d'Avallon faisait toutes ces réflexions salutaires au milieu d'une complète obscurité; et, malgré son courage,
il commençait à éprouver ce malaise qui
vient de l'incertitude, et que les âmes les
plus fortes ne peuvent toujous dompter,
quand la porte de la salle s'ouvrit tout-à-
coup. Il vit entrer, à la lueur d'une torche, un homme vêtu de l'habit religieux,
mais ayant le visage recouvert de ce mas-
que blanc aux deux yeux, sans nez, que
portent certains pénitens et les familiers du
saint Office. Cette espèce de fantôme lui
dit : — *Ave Maria, sin peccado concebida*,
salut d'usage par toute l'Espagne. Puis,
l'éclairant de sa torche, il le conduisit par de

nombreux détours dans une galerie sans fenêtres au fond de laquelle se trouvait une
porte assez petite, garnie de larges bandes
de fer et fermée par un double cadenas.—
Mon révérend Père, dit Jean d'Avallon,
est-ce ici ma chambre à coucher où ma
salle à manger ? L'une et l'autre me plai-
raient à l'heure qu'il doit être ; mais j'ai-
merais mieux visiter maintenant le réfec-
toire du couvent que ses dortoirs, un peu
isolés, à ce qu'il me semble.

    —La sainte Inquisition pourvoit à tout
envers ses enfans, dit le Religieux d'une
voix grave.

    — Oui, oui, c'est une mère fort tendre,
répliqua assez bas Jean d'Avallon pendant
que son compagnon ouvrait les deux cadenas.

    —Seigneur Français, entrez ici pour
cette nuit, et vous en sortirez demain, le
Père prieur a tout disposé, et si vous pou-
vez décider ce chien d'infidèle à tenir

votre promesse, les indulgences ne vous manqueront pas, non plus que les bons offices de l'Archevêque de Tolède.

En disant ces mots il referma la porte sur lui; et quoique Jean d'Avallon s'attendît à quelque chose d'assez extraordinaire, il fut encore surpris de se trouver dans une chambre fort propre où l'on voyait deux lits, sur l'un desquels était étendu Ismael Ben Kaïzar, que le bruit venait de réveiller.

—Eh! mon brave Nazaréen, que venez-vous faire ici? dit-il en se mettant sur son séant, et en regardant avec un étonnement extrême son nouveau compagnon de captivité. Ce lieu est maudit entre tous les lieux que contemple le Prophète.

—Je viens vous voir, Ismael, dit le Français en souriant de la surprise du Maure

—Soyez bien-venu, soyez bien-venu, mon brave Nazaréen; mais je voudrais vous

4. 3.

voir en un autre lieu, quoique cette prison soit bien préférable à celle que j'habitais hier. Eh ! combien de fois dans ce cachot infect n'ai-je point rêvé à l'air libre des montagnes de l'Alpujarra, quoique je n'ignorasse pas votre mésaventure à la suite du message ! Je savais par des Maures de Grenade que vous étiez sorti de prison ; je m'en réjouissais comme si la liberté m'eût été donnée,.... et j'attendais la mort avec joie, pensant que du moins, avant de mourir, je pourrais respirer librement... Mais, Juan le Nazaréen, je vous croyais déjà par-delà les montagnes de la Navarre, chantant comme de coutume un joyeux tenson d'amour, pensant à votre ami le Morisque, pensant surtout à embrasser votre vieux père et la belle Juanna.

— Hé bien, je n'embrasserai pas encore cette année mon vieux père ; la belle Jeanne m'attendra peut-être un printemps de

plus,... un printemps, c'est une fleur ajou-
tée à son chapeau de rose, comme je l'ai
dit dans mon dernier virelai. Seigneur Ismael, nous irons encore tous les deux respirer l'air libre des montagnes.

—Des montagnes de l'Alpujarra, de
ces montagnes d'où ils m'ont arraché par
perfidie, s'écria Kaïzar avec un mouvement d'enthousiasme et de joie que ré-
prima bientôt l'air calme de son compagnon.

—Non, non pas, Seigneur Ismael, l'air
y est trop vif pour la santé, on y a trop
chaud après y avoir eu bien froid. Nous
irons, si vous le voulez bien, par delà les
mers, et c'est à cette condition qu'on a brûlé
hier à votre place, sur le huitième bûcher,
un pauvre Juif réservé en lieu frais pour
le prochain auto-da-fé. Et alors Jean d'A-
vallon expliqua à Ismael comment il avait
agi pour le sauver des griffes de l'Inquisition en se livrant à elle; et en pro-

mettant pour sa rançon des trésors qu'il pouvait seul livrer aux moines de Saint-Dominique, et surtout à Fonseca, ce persécuteur de Colomb, toujours avide, toujours envieux d'une gloire que sa bassesse n'avait pu flétrir.

Ismael réfléchit durant quelque temps d'un air fort grave; puis il prit la parole:
— Je vous remercie, bon Français: ma vie vaut bien un peu d'or, puisqu'elle peut être encore utile. J'accepte, j'accepte; mais ce que je ne puis accepter, c'est que vous veniez avec moi dans ce pays de Démons où les Chrétiens voudraient se nourrir d'or. Allez, allez par-delà les montagnes, dans la belle France; reposez-vous enfin, bon Nazaréen, vous dont le cœur n'a pas eu de repos tant que vos amis ont été en danger.

— Je le ferais peut-être, brave Ismael, je le ferais, reprit Jean avec une grande tranquillité; mais j'ai aussi mes dettes à payer aux Dominicains. Et il expliqua avec beaucoup de détails au Maure quelle avait été sa conversation avec le prieur, et comment il s'était engagé tacitement à suivre à Hispaniola celui qu'il voulait délivrer. Quand il eut terminé son récit, Ismael comprit quelles nouvelles obligations il lui avait, il le serra à plusieurs reprises sur son cœur, et ils continuèrent à s'entretenir de tout ce qui leur était arrivé d'étrange dans cette vie aventureuse à laquelle le sort les avait condamnés.

Le Maure lui expliqua alors dans de grands détails comment, s'étant retiré quelque temps après son départ dans les montagnes de la Ronda, il avait été surpris par l'armée du comte d'Ureña, qui avait dispersé sa faible troupe ; comment encore deux Renégats l'avaient surpris durant son sommeil, et l'avaient livré aux Espagnols, qui avaient eu grande hâte de le remettre entre les mains de l'Inquisition.

—Dites-moi, dites-moi, Ismael, comment s'est passée la terrible cérémonie qui devait terminer ce matin une vie si pleine d'aventureuses actions?

—O Nasrany! Nasrany, c'est une chose bien horrible, bien horrible à rappeler à un Chrétien, que cette fête de mort... A la pointe du jour ils m'appelèrent, et je répondis, disant à voix basse : — *La Ilah ill' Allah, Mohammad raçoul Allah.* Iblis a parlé... Je vais rejoindre mes frères qui ensanglantent maintenant les montagnes des Alpujarras. Et comme je vis qu'ils allaient me dépouiller, je leur demandai de conserver mon costume mauresque, et ils me répondirent d'une voix pleine de douceur : —Mon fils, vous serez plus agréable à Dieu couvert de ces vêtemens de pénitent. Puis ils se mirent à chanter harmonieusement, disant entre eux : —Cette fête sera fort belle... Et moi qui sortais d'un cachot, je me disais : — Que le soleil est

beau, que l'air libre est doux!... Nous étions
beaucoup, et ils nous dirent :—Marchez!...
Je marchais rêvant à mes frères, à vous,
aux montagnes, à Grenade, à ce monde si
beau que nous avons vu tous deux; et
puis je pensais à celle que je ne devais
plus voir, et je me dis :—Bientôt la flamme
me fera tordre les bras, comme le serpent, brûlé dans le désert, se tord au milieu des sables ardens, et toutes ces pensées de gloire et de douleur iront s'étein-
dre aux pieds de l'Éternel. Ensuite dédai-
gnant cette foule immonde qui roulait autour de moi, mon âme s'élançait vers les
torrens de lumière qui entourent le Dieu
de tous les hommes. J'entendis alors un
cri, ô Nasrany! et je crus que c'était une
voix de la terre criant à Dieu mes angoisses! Oh! je l'entends toujours, elle est
restée dans mon esprit troublé comme
une voix de mes anciens jours. Oh! non!
non, ce ne peut être... Je passai donc, et

je sentis bientôt les flammes que je ne
voyais pas d'abord, car les rayons du soleil faisaient évanouir ces feux des hommes; j'entendis les cris, je sentais brûler
la chair... — *Allah!... Jehovah!... Mon
Dieu!...* Voilà, voilà les cris qui mon-
taient au milieu d'une fumée de sang
vers le ciel, et je dis : — O Prophète! rendez mon supplice plus court, qu'on me
jette aux flammes... Mon supplice fut bien
long... bien long? Je vis mourir mes frères,
et l'on me dit : — Glorifie le Seigneur,
Maure! le Saint-Office te fait miséricorde.

— Je n'en veux point! leur criai-je.
Un long voile noir tomba sur mon front,
et je fus ramené ici.

En achevant ces mots la voix lui man-
qua, ses yeux jetèrent un feu sombre, et
il tomba entre les bras de son ami, qui le
pressa sur son cœur en gardant un morne
silence; qu'il n'osa rompre pendant assez
long-temps; enfin, il lui dit d'une voix

altérée : — O Ismaël !·tous les Chrétiens ne sont pas ainsi !... Le Maure se contenta de lui serrer la main , et ils demeurèrent quelque temps dans un profond repos.

Enfin la porte de la chambre s'ouvrit de nouveau, et le Moine qui avait introduit Jean d'Avallon , revint éclairé par un autre frère ; ils apportaient d'abondantes provisions , qu'ils remirent aux prisonniers, en leur annonçant pour le lendemain la visite du Prieur.

A la pointe du jour, en effet, il parut. Après avoir interrogé le Français sur les dispositions du Maure, il dit à celui-ci : — Ismael Ben Kaïzar, on dit que dans les montagnes des Alpujarras tu as donné ta parole à des Chrétiens, et qu'elle a été gardée. Les Morisques tes frères ont un proverbe qui dit : « — Ce qu'Ismael Ben » Kaïzar promet, Dieu l'accomplit. » Le temps est dur pour nos ordres , et nous espérons qu'en travaillant pour eux tu deviendras Chrétien. Peux-tu remplir la promesse du Français?

— Il y a beaucoup d'or dans les montagnes, et je sais où est cet or.

— Veux-tu en racheter ta liberté et ton salut?

— Je t'en donnerai pour ma liberté et pour acquitter la promesse du Nazaréen.

— Le Seigneur Évêque Fonseca vous donne à tous deux sa bénédiction. Dans trois jours une caravelle partira du port de Palos. Quant au Seigneur Juan, il jurera sur l'Évangile qu'il demeure caution.

— Je promets tout ce que le seigneur Ismael a promis, mon révérend Père! dit à son tour Jean d'Avallon, qui, se voyant déjà en idée libre dans les montagnes, avait retrouvé toute sa bonne humeur: s'il m'avait promis le Paradis, j'y compterais.

Dans cette circonstance, le Dominicain se montra moins sévère envers les

deux prisonniers qu'il ne l'était habituel-
lement, car il entendit sans sourciller les
derniers mots du Bourguignon. Après
leur avoir donné de longues instructions
sur leur conduite à venir, il se retira en
disant : — Ismael, nous faisons en cette
occasion une action fort agréable à la
Reine, et c'est en partie ce qui nous a
déterminé ; mais il est inutile qu'on sache
en Espagne votre arrivée à Hispaniola.

Trois jours après, partis secrètement
pour Palos, ils naviguaient vers Haïti.
Nous les accompagnerons quelque temps
en mer.

CHAPITRE VI.

Le navire français.

La traversée fut heureuse jusque par le travers des îles Açores ; mais là, on fit la rencontre d'un navire français venant de Dieppe, car les Dieppois, à cette époque, faisaient de nombreuses expéditions.

La caravelle fut hélée, quoiqu'il y eût alors une trève entre la France et l'Espagne ; Jean d'Avallon ne put s'empêcher de pousser un profond soupir en voyant s'élever dans les airs le pavillon de France, en entendant dans l'espace, et comme jetées au vent, des paroles qui lui rappelaient ses compatriotes, son pays, sa fa-

mille.— Oui, dit-il, oh! oui, ce sont bien
les armes de la bonne ville de Dieppe,
d'où l'on peut aller à Auxerre en bien peu
de journées. Par Notre-Dame! bon Morisque, si ce n'était le plaisir d'aller en
votre compagnie, je ferais le plongeon
dans cette eau salée comme un de ces
joyeux marsouins qui bondissent autour
de nous, et j'irais voir la bonne ville de
Dieppe; mais ce n'est pas le moment d'a-
voir de telles idées, ajouta-t-il en prenant
la main d'Ismael.

— C'est au contraire le moment, Juan,
c'est le moment de parler à ces âmes avi-
des un langage qu'elles entendront: il faut
être prompt, le navire met une chaloupe
à la mer. La caravelle a mis en travers
pour l'attendre... Jean d'Avallon le regardait avec des yeux étonnés; il ne pouvait
comprendre où tendait ce discours; et il
continua à regarder la chaloupe française
qui se dirigeait vers la caravelle. Bientôt

celle-ci accosta le bâtiment, et cinq hommes montèrent à bord, avec le second, qu'on nommait Pinson de Dieppe, hardi navigateur dont parlent encore les chroniques, et qui était peut-être parent de ces fameux Pinzon si renommés à Palos, si célèbres par la part qu'ils avaient prise à la découverte du Nouveau Monde.

Après avoir salué celui qui se présenta comme étant le Capitaine de la caravelle, Pierre Pinson lui demanda des nouvelles de l'Europe, qu'il avait quittée depuis quelque temps pour aller trafiquer sur les côtes d'Afrique. — Le Pape a sans doute décidé la grande question qui partage le monde entre vous et l'Espagne? Au demeurant, mes bons Seigneurs, la mer est grande, et d'autres mondes se présenteront aux gens hardis... Les Castillans lui répondirent avec la gravité espagnole; et après quelques politesses faites et reçues de

part et d'autre, Pierre Pinson allait se
retirer quand un homme, qu'à l'expression de sa figure on aurait pris plutôt
pour un moine que pour un marin, se
présenta tout-à-coup sur le pont; ceux
qui entouraient Pierre Pinson se retirèrent
avec une sorte de déférence, et le laissèrent
approcher du marin français. — Seigneur
Capitaine, nous avons ici un de vos compatriotes qui se plairait mieux en France
qu'en notre compagnie; comme nous ne
voulons retenir personne contre son gré,
ajouta-t-il d'un ton fort doux, si vous
voulez lui donner passage jusqu'en la
ville de Dieppe, vous l'obligerez ainsi que
moi. En achevant ces paroles, il ajouta
quelques mots fort bas à l'oreille du Maure,
qui lui répondit : — Je vous le promets...
je vous le promets, foi d'Ismael! et ces
lingots d'or seront uniquement pour vous.

— Un marin normand n'a jamais refusé un tel service, Seigneur Cavalier, ou

mon révérend Père, comme vous l'aime-
rez mieux, dit Pierre Pinson en regardant l'individu qui lui adressait la parole.
Mais pourquoi ce Français, s'il est libre,
ne me fait-il pas lui-même cette demande,...
s'il est libre à bord d'une caravelle castil-
lane ?

— Aussi le fait-il, Monsieur Pierre, dit
Jean d'Avallon qui venait de parler fort
vivement avec Ismael, et qui s'avança de
cet air de confiance et de franchise qui
lui était naturel ; aussi le fait-il, si sa compagnie peut vous être agréable.

— Eh! bon Dieu! dit le marin, c'est Jean
d'Avallon, qu'on pourrait appeler l'Hiron-
delle de mer, et qui chante comme elle
par le gros temps. Un tel homme n'est
jamais refusé, Seigneur Cavalier ; il
porterait bonheur à un bâtiment en détresse.

— Sire Pierre, je vous remercie de votre
bonne volonté, et je vous en remercierai

mieux plus tard, quoique mon commerce
n'ait pas été heureux.

— Monsieur Jean, dit Pierre Pinson,
cette parole n'est digne ni de vous ni de
moi : mais puisque votre intention est de
regagner la France, et que ces gentilshommes vont au bout du monde, si vous
voulez descendre dans la chaloupe, nous
profiterons de la brise qui doit nous conduire dans les mers de Portugal, et de là en
France.

— Un seul moment, Sire Pierre, un seul
moment, et je saute avec vous dans votre
belle chaloupe. Il alla alors vers Ismael,
qui gardait un profond silence, mais qui
semblait agité intérieurement d'une manière violente, et qui réprimait peut-être
pour la première fois les sentimens qu'il
éprouvait : — Écoutez-moi, Morisque, c'est
parceque mon père est bien vieux que
je vous quitte. Si j'étais comme ce goé-
land criard qui vient de raser la voile,

j'irais lui porter de mes nouvelles et je
reviendrais. J'irais dire à la fille du Tabellion qu'elle fasse préparer notre contrat
par son père, et je courrais le monde encore quelque temps; mais... tenez, il n'y a
pas besoin de parole,... quand on s'est
compris d'avance; et comme je le disais
au grand Christophe, le monde est petit
quand les gens.... Adieu, Morisque; que
notre Seigneur vous conserve! Et il se jeta
dans la chaloupe en mettant sa main sur
ses yeux, car il avait entendu le Maure
pleurer en l'embrassant, et c'était pour la
première fois.

La caravelle mit alors toutes ses voiles
dehors; et profitant bientôt d'un vent
frais, poursuivit son voyage tandis que la
chaloupe gagna le bâtiment français. Et
pendant long-temps Ismael put voir le
brave Français qui lui faisait avec son
mouchoir des signes d'adieu...

CHAPITRE VII.

La Reine et l'Indienne.

C'était dans une des salles de l'Alhambra, aux frêles colonnades dorées, aux arcades arrondies, aux ornemens de marbre blanc relevés d'azur, aux belles sentences du Coran tracées en rouge sur des médaillons d'albâtre, au Christ d'ivoire sur un crucifix d'ébène, aux images de saints sur un fond doré.

La Reine Isabelle disait à l'Évêque de Burgos : — Notre Amiral des mers occidentales connaît bien mal notre cœur, en envoyant en Europe ces pauvres Indiens, qu'on voudrait forcer au travail, qui meu-

rent de misère, de froid, de toutes les
douleurs enfin. Nous ne le souffrirons
pas, Seigneur Évêque, et ils doivent être
libres; il n'y en a que trop qu'on persé-
cute. Mais depuis que je suis une mère
affligée, je ne suis plus Reine. O mon
Dieu! donnez-moi de la force. Voyez,
voyez cette jeune fille! elle va mourir si
elle reste ainsi : sa tête est toujours in-
clinée, ses yeux sont sans regards. Oh!
qu'elle doit souffrir!... Et c'est une fille de
Seigneur, dit-on!

— Madame, dit Fonseca d'un air grave
et indifférent, votre cœur vous abuse; il
est bien incertain, comme dit le Docteur
Ribeiro, que ces Indiens aient une âme :
bien des gens croient que ces idolâtres sont
des créatures du Démon; mais, Madame,
puisque telle est votre volonté royale, on
arrêtera les entreprises du brave Ojeda,
qui appelle, dit-on, ces troupes de prisonniers des *Cavalgadas*, n'en faisant non plus

de compte que d'animaux. Quant à l'Amiral, il sera réprimandé vivement, étant
le Chef et ayant déplu à Votre Altesse.

— Que ce soit cependant en des termes
convenables, Seigneur Évêque ; notre
Amiral pèche souvent par excès de zèle :
il est emporté par le bouillant désir de
servir Dieu et de planter la Croix sur la
ville sainte.

— Et de s'enrichir chrétiennement,
Madame.

— Il est pauvre, Seigneur Évêque, et
il a voulu faire des Chrétiens : son cœur
est pur.

Fonseca n'osa point répliquer, car la
Reine venait de prendre cet air de fermeté qui arrêtait toute réponse, quand
elle ne voulait point qu'on répondît.
L'Évêque s'inclina respectueusement, et
sortit. La Reine se trouva seule alors avec
la Marquise de Tendilla et la pauvre Indienne, qui n'avait point encore relevé la

tête, et qui semblait privée de mouvement.

— Qu'as-tu? oh! qu'as-tu donc, pauvre jeune fille? dit la Reine en s'approchant d'elle, et en pressant affectueusement sa tête, qui retomba sur son sein. Si tu entends un peu le castillan, dis-moi ce que tu as. Veux-tu retourner dans tes beaux bois fleuris où brille un si beau soleil?

La jeune fille fit tristement un signe qui indiquait que ce n'était point son désir.

— Que veux-tu donc? reprit encore plus affectueusement la Reine. Et il y avait quelque chose de si doux dans le son de la voix d'Isabelle, que la jeune Indienne releva alors la tête, fixa ses grands yeux noirs sur elle, et lui prit la main, en disant d'une manière assez intelligible : — Ma-mona, Nouna-Koali veut mourir.

— Mourir? reprit la Reine; il ne faut pas mourir, mon enfant: il faut prier

Dieu et vivre, puisque tu es Chrétienne.

— Je ne suis pas Chrétienne, Mamona.

— Ne parle pas ainsi, pauvre fille! ne parle pas ainsi; tu es baptisée.

— Je veux mourir! reprit Nouna-Koali d'une voix oppressée; je veux mourir! Et puis, avec une sorte d'exaltation pleine d'égarement, elle se leva; elle voulut faire un long récit à la Reine en castillan, mais elle entremêlait ses discours de tant de mots dans sa langue maternelle, elle était si vivement oppressée, ses paroles étaient entrecoupées de sanglots si prolongés, que la Reine ne put rien comprendre à son récit, si ce n'est qu'un terrible spectacle l'avait frappée, qu'elle avait vu des flammes, que des hommes avaient péri, et qu'elle voulait toujours mourir.

— Marquise de Tendilla, dit la Reine, cette pauvre idolâtre a peut-être perdu la raison, à cause des excès commis par les hommes d'armes en son pays.

La jeune Indienne releva sa tête, qu'elle avait baissée encore ; elle fit de nouveau signe que ce n'était point la cause de sa douleur ; puis elle recommença ses discours d'un ton de voix plus énergique, et finit par pleurer amèrement, cachant sa tête dans le sein d'Isabelle.

— Madame, Madame, dit la Marquise de Tendilla, que faites-vous ? Si on entrait....

— Eh bien, eh bien ! dit Isabelle, on me verrait consoler un enfant, une de mes sujettes. Pleure, pleure, ma fille ! dit Isabelle, les larmes soulagent ; bien souvent, je suis forcée de cacher les miennes, et l'on ne sait point tout ce que je souffre. En ce moment la Reine entendit des cris prolongés hors de l'appartement ; elle pâlit, une grande angoisse parut s'emparer d'elle : — Marquise, restez, je vous prie, près de cet enfant. Isabelle s'éloigna un instant, et laissa Nouna-Koali avec la Marquise.

Dès qu'Isabelle fut éloignée, la belle-sœur de l'Alcaïde, qui n'était pas sans bonté, mais qui, sur toute chose, avait été choquée des manières de la jeune Indienne, lui prit la main, et lui dit, d'un ton grave et froid : — Señora, puisque vous êtes fille d'un Seigneur des Indes, il est bon de vous avertir que l'étiquette défend de pleurer ou de rire dans l'Alhambra, et qu'il faut se tenir assise quand on vous accorde le droit de vous asseoir, mais qu'on n'est point couché ainsi. M'entendez-vous, Señora ?... Nouna-Koali détourna encore la tête, regarda son visage, qui exprimait une froideur grave avec quelque mélange de compassion, mais qui était si différent de celui d'Isabelle. Elle retira aussitôt sa main ; et, semblable à l'enfant mutin qui se cache alors qu'on le gronde, elle cessa de pleurer, mais ses traits reprirent leur immobilité. Le chagrin la rongea comme il ronge les Indiennes, silencieusement.

4. 4.

Quelques momens après, et comme
Nouna recommençait à donner un libre
cours à ses sanglots, la Reine rentra; cette
fois elle n'était pas seule : elle soutenait
une jeune femme qui avait dû être belle,
mais que le chagrin avait flétrie avant le
temps. Il y avait dans ses yeux un inexpri-
mable mélange de douleur égarée, qui se
changeait en un sourire inquiet, froid, terrible dans son repos.

— Ah! on pleure, à ce que je vois, dans
ce palais! cria-t-elle en riant du rire effroyable de la démence... Pourquoi ne
vouliez-vous pas me laisser entrer, ma
mère? Puisqu'on pleure, cela me réjouit...
Hormis nous, ma mère, personne ne
pleure ici... C'est nouveau, des sanglots.

Et elle alla s'asseoir paisiblement à l'extrémité de la salle.

— Jeanne, Jeanne, rentre avec moi
dans ton appartement, je t'en prie.

— Non pas, ma mère, ... puisqu'on

pleure, je suis contente;... c'est peut-être
l'Archiduc... Il faudra le faire brûler,
l'Archiduc, et me brûler avec lui... Ah!
ah! je suis folle! il ne veut jamais que je
sois près de lui... Ce serait fort doux d'être
caressé par les flammes... Ma mère, qu'en
dites-vous? demandez donc à mon père.

— Horrible! horrible! s'écria Isabelle;
elle veut chaque soir venir ici me parler
ainsi de son mari... Quelle angoisse en
mes derniers jours!

Pendant que la Reine se livrait à ces
amères réflexions, Jeanne s'était levée:
elle avait pris un flambeau et s'était ap-
prochée de Nouna-Koali, que son morne
chagrin rendait presque étrangère à ce
qui se passait. La Princesse regarda cu-
rieusement la pauvre Indienne, et elle dit
au bout de quelques momens : — Comme
elle a pleuré!... Elle lui prit la main, et
lui dit, après un instant de silence, et
comme si elle avait cherché à rassembler

ses idées : — Est-ce que ton mari ne t'aime pas, que tu pleures ?... Ah ! que je suis folle ! c'est cette païenne dont on me parlait ce matin,... qui a crié à l'auto-da-fé... C'est amusant, un auto-da-fé. Ah ! tu pleures parceque l'on veut te faire brûler, n'est-ce pas?...Moi, cela me fait rire, la mort.

La pauvre Indienne la regardait sans la comprendre; mais il y avait dans sa voix quelque chose de si doux, de si opposé aux effroyables paroles qu'elle venait de dire, qu'elle se leva, la regarda plus attentivement, et s'aperçut, à l'expression de ses yeux, au désordre de sa chevelure, que celle qui lui parlait n'avait point sa raison.

Et alors, avec cette commisération respectueuse qu'ont tous les Sauvages pour les êtres privés de raison, elle lui dit :

— Ma sœur veut-elle quelque chose de moi? Je peux prier Guacarapita, la bonne Déesse, qu'elle lui envoie des rêves paisibles.

— Oh ! dit la princesse avec un sou-

rire qui n'allait pas avec la triste expression de ses yeux, l'Indienne qui m'appelle
ma sœur,... et qui me parle des Démons,
cela est risible!... cela nous fera brûler...
Ma sœur!... personne ici ne m'appelle
ma sœur!... personne ne m'appelle ma
mère!... personne ne m'appelle Jeanne
ma douce amie!... personne ne m'appelle
ma femme!... non, jamais il ne le dit,
ajouta-t-elle en laissant tomber sa tête sur
la poitrine; personne ne me dit... Ah! si:
ma mère m'appelle souvent ma fille!... Oh!
cette pauvre idolâtre;... elle m'appelle sa
sœur!... donne-la-moi, ma mère!... Et elle
allait continuer encore ses discours vagues
où l'idée de son mari revenait toujours.

Isabelle se leva, vint près d'elle, lui
donna mille baisers de mère, l'appelant
sa Jeanne, sa pauvre fille.

Et la Marquise regardait ce spectacle
dans une froide immobilité; tout-à-coup
il sembla qu'un éclair de raison eût jailli

de ces baisers maternels. Jeanne embrassa
la Reine à plusieurs reprises, et après
un moment de silence elle dit :

— Pourquoi cette pauvre Sauvage est-
elle ici, ma mère?

— Ils l'ont envoyée pour connaître le
vrai Dieu, Jeanne.

— Puisqu'elle pleure, apparemment
qu'elle regrette son pays, ma mère : je veux
qu'il n'y ait que moi qui pleure ici...
et vous, car je serais bien malheureuse
si ma mère ne pleurait pas quelquefois
avec moi.

Comme Nouna - Koali étouffait en ce
moment un sanglot, la Marquise lui dit
d'un ton assez sévère : — N'avez-vous pas
entendu, jeune fille, l'ordre de Son Altesse?... Mais l'Indienne ne répondit que
par ses larmes.

— Ma mère, il faut la renvoyer, entendez-vous? On est trop malheureux ici...
Et ses yeux exprimèrent de nouveau l'éga-

rement, et elle dit encore des mots sans suite.

La Reine alla vers Nouna, lui prit la main et lui dit : — Console-toi, pauvre jeune fille, console-toi : tu reverras ton pays... Mais moi, je n'aurai de repos qu'à ma mort, et je ne trouverai plus qu'au ciel l'âme de ma pauvre Jeanne !...

Le lendemain de cette conversation, Nouna - Koali, par les ordres de la Reine, fut conduite à un couvent de Carmelites, qui avait été fondé dans une campagne délicieuse qu'arrosait le beau Xenil. La jeune Indienne avait été vivement recommandée par la Reine, et dès son arrivée, les religieuses voulurent l'environner de leurs soins ; mais elle opposa une tristesse si constante à ces marques d'intérêt, une fixité si complète dans ses idées, que les religieuses s'accoutumèrent peu à peu à la laisser agir selon sa volonté.

Sa volonté était d'errer sans cesse dans
l'immense jardin du couvent, et l'on était
presque toujours certain de la trouver dans
les endroits les plus solitaires, le visage
caché entre ses mains ou recouvert de ses
longs cheveux noirs, qu'elle abandonnait
aux vents. Souvent encore elle allait se
baigner dans un petit bras du fleuve qui
traversait le verger : après avoir nagé quelque temps, elle restait tout-à-coup immobile dans les eaux, et, cachée sous quelque
frais berceau d'orangers, elle se mettait
à chanter ces longues ballades indiennes
qu'avait composées sa sœur, et que les
bonnes religieuses, dans leur simplicité,
appelaient des chansons païennes ; elles
lui défendaient sévèrement de les chanter ; mais leurs défenses étaient à peu
près inutiles. Il y en avait une qu'elle répétait toujours :

En vérité, je chante sous le ciel, je chante sous
le ciel quand je devrais pleurer !...

Nouna-Koali est une fleur de la mer, et Nouna
brûle dans ces eaux...

Il est dans le ciel, lui,... et moi je suis sur la
terre, sur une mauvaise terre, en vérité... -

J'ai fait un songe, un mauvais songe, très
triste...

Quand on la trouvait ainsi dans les lieux
solitaires, on cherchait à la faire revenir
au couvent, mais on n'obtenait rien d'elle
que par la douceur; elle savait fort bien
dire en espagnol : — Je suis libre et fille
de Cacique... Une parole de tendresse la
rendait docile et la faisait pleurer. Lorsque c'était le temps du clair de lune, il
était presque impossible de la retenir dans
sa cellule; elle allait dormir dans les herbes ou bien errer toute la nuit.

Malgré les efforts des bonnes religieuses,
elle ne put jamais complètement apprendre l'espagnol, d'abord parcequ'il y a certaines lettres que les Indiens ne peuvent
point prononcer, ensuite parcequ'elle ne

4.   5

consentit jamais qu'à apporter une mé-
diocre attention aux instructions qu'on
lui donnait, et qu'une pensée qu'elle ne
révélait à personne semblait exclusivement
l'occuper.

Ses idées religieuses avaient bien évi-
demment été modifiées par les efforts
qu'on ne cessait de faire auprès d'elle
pour la convertir ; mais elle était encore
loin de comprendre ce qu'on lui avait répété tant de fois. Elle mêlait toujours ses
anciennes idées aux dogmes religieux
qu'on lui inculquait ; seulement on l'entendait dire après ses longs *areytos:* — La
Vierge Marie est fort bonne ; elle me fera
mourir dans mon pays....

Et les religieuses, qui ne pouvaient s'empêcher de l'aimer malgré son caractère in-
dépendant et son opiniâtreté à ne pas suivre leurs désirs, les religieuses étaient ra-
vies de l'entendre parler de la Sainte-
Vierge.

Six ans s'étaient ainsi écoulés, et rien n'avait changé dans la conduite de l'Indienne. Isabelle, dont l'esprit était absorbé par les soins du Gouvernement, et dont le cœur était déchiré par des malheurs domestiques; Isabelle avait presque oublié Nouna-Koali, quand un jour Jeanne, dans un intervalle lucide, lui dit : — Ma mère, et l'Indienne qui a une fois tant pleuré ici, un jour que je pleurais tant moi-même, qu'est-elle devenue ?

Ces paroles frappèrent la Reine ; elle songea avec chagrin à l'oubli dans lequel était restée Nouna, et elle dit : — Heureusement cet oubli peut se réparer ; si la pauvre Indienne vit encore, elle reverra son pays. L'occasion ne pouvait pas être plus favorable. Le Commandeur de Calatrava, don Francisco de Bovadilla, se rend par nos ordres à Hispaniola. L'excellente Dorothée, sa nièce, l'accompagne ; elle se chargera avec joie de l'Indienne...

— Dorothée de Bovadilla va-t-elle donc dans cet affreux pays? dit la Princesse.

— Oui, ma fille: vous savez combien au milieu de la cour elle semblait aimer la solitude... Il y a deux ans surtout, quand elle revint de Séville, la voyant dévorée par un lent chagrin, je lui demandai ce qu'elle avait; elle me répondit: —Un désir profond de ne pas être mêlée à la pompe des cours, de ne voir que Votre Altesse, qu'on aime comme une mère quand on ne la respecte pas comme une Reine.

Ici Jeanne embrassa Isabelle à plusieurs reprises.

—Je lui demandai si la vie sainte d'un couvent ne lui plairait point; mais elle me répondit avec un soupir bien amer qu'elle n'était pas digne d'une vie si pleine de repos. Je la louai de son humilité, et elle reprit en pleurant, que ce n'était qu'une parole trop sincère... Il y a parmi ceux qui nous entourent de

grands chagrins que nous ignorons, ma
fille... et qui nous consoleraient peut-être
des nôtres si on osait nous les dire.

Et après un moment de silence la Reine
ajouta : — Je me sens heureuse, vraiment
heureuse que Doña Dorothée accompagne
son oncle... Il y aura là-bas de grandes
discussions, j'entends qu'on respecte toujours l'Amiral; mais que les abus cessent...
Dorothée a une de ces âmes qui adoucis-
sent les autres âmes. La ville de San-
Domingo sera fort heureuse de la possé-
der; une vie active lui conviendra. La
bonne Indienne partira avec elle. Jeanne,
je te remercie de m'y avoir fait penser.

Or quand la Reine parlait ainsi, tout
était bien changé dans Haïti et dans le
sort de l'Amiral : c'étaient par milliers que
mouraient les Indiens, sans que Christophe Colomb, toujours sévère dans sa justice, put arrêter la fureur de ceux qu'il
commandait; mille voix s'élevaient contre

lui à la cour et dans l'île. Chacune des révoltes qu'il était obligé de réprimer augmentait le nombre de ses ennemis; les soucis avaient affaibli sa santé sans rien enlever de l'énergie de son âme; il était fort dans l'adversité comme il avait été fort dans la gloire. Il semblait cependant qu'un lent et funeste découragement se fût emparé de lui au milieu de l'effroyable carnage qui se passait sous ses yeux. Dans l'espace de temps qui s'est écoulé, la partie orientale de Cuba, la Guadeloupe, Marie-Galante, Jamaïca, qui veut dire *abondante en eaux*, la Trinité, le golfe de Paria, et bien d'autres terres avaient été découvertes; on n'habitait plus Isabelle : cette ville d'un jour étalait déjà ses ruines sur le rivage où elle avait été bâtie, et la tradition disait qu'on voyait errer gravement au milieu des décombres les Hidalgos de la seconde expédition, se promenant la nuit dans la cité qu'on les avait

forcés d'édifier, et qui avait été leur tombeau.

La capitale d'Haïti était alors San-Domingo, qui a depuis donné son nom à l'île
entière; c'était une ville assez régulière-
ment bâtie, où se mêlaient les constructions
indiennes à celles qu'élevèrent les Européens. Le beau fleuve de l'Ozama baignait
ses murailles avant de se jeter dans la mer,
et coulait entre des rochers et des forêts.

Des ordonnances sévères s'opposaient à
ce qu'aucun navire étranger fût admis dans
ce port, et nuls que les Espagnols n'y
étaient admis. On pourrait presque dire
que c'était en famille que se passaient
les horreurs qui souillaient l'île. Christophe Colomb et Barthélemy faisaient des
conquêtes dans l'intérieur, tandis que
Diego leur frère cherchait à rétablir le
calme dans San-Domingo, où son auto-
rité était continuellement méconnue.

Ce fut vers le mois de mai de l'année 1500

que le convoi qui transportait la nouvelle expédition arriva dans les eaux d'Hispaniola,
devant ces rivages où une ville nouvelle
s'était si rapidement élevée. Dès qu'on
avait pu apercevoir les montagnes qui
bordent la côte, Nouna-Koali avait paru
se réveiller d'un long et douloureux
sommeil ; à mesure que les navires avançaient, et que cette odeur pénétrante qui
vient du rivage se faisait sentir, elle
semblait par degré se ranimer comme une
fleur desséchée se ranime par une fraîche
matinée; puis voyant les pitons verdoyans
de ces montagnes chéries, elle fit un cri
de joie, et parlant à sa compagne qui regardait aussi le rivage, elle s'écria avec une
sorte d'exaltation frénétique : — Voilà mon
pays ; tout cela, la terre, le ciel, ces grandes eaux, c'est mon pays, où je pourrai
mourir...

— Nouna-Koali, lui dit la jeune Dame,
pourquoi mourir quand vous revoyez ces

belles campagnes ? Il faut vivre et devenir Chrétienne. Elle ajouta : — Pauvre
Indienne, tu revois ton pays, tu devrais
être heureuse !... Elle dit encore à voix
basse : — Et tu n'as pas comme moi, sans
doute, un souvenir qui ne peut cesser.

La jeune Indienne lui prit alors la main,
la regarda fixement. Voilà mon pays, je
serai libre comme ces alcatraz qui volent
au-dessus de nos têtes, libre d'aller dans
les montagnes.

— Tu seras libre, Nouna-Koali, ainsi l'a
voulu la Reine, la mère des Indiens...

— Je serai libre, dis-tu, comme ces
oiseaux qui vont dans l'air, reprit l'Indienne, avec une exaltation plus grande
encore. Je me perdrai comme eux dans
le ciel; là, sur les montagnes; c'est là que
je veux vivre. Dorothée sourit doucement
de sa joie inquiète et de ses discours,
dont elle ne pouvait comprendre tout le
sens.

Et comme le navire se rapprochait du rivage, et passait près d'une côte boisée, elle prit de nouveau la main de Dorothée, lui dit avec une énergie qu'elle mettait rarement dans ses discours : — La mère blanche des Indiens m'a donc rendue libre comme les oiseaux des champs et comme les poissons de l'eau? Répète-les, repète-les, ces paroles de la mère blanche des Indiens.

Dorothée, pour satisfaire l'Indienne, répéta les paroles d'Isabelle. Nouna-Koali la serra alors fortement contre son sein, baisa ses paupières et son front ; et sautant légèrement par-dessus le bordage du navire, elle plongea dans la mer,.... les flots la recouvrirent un moment. Dorothée poussa un cri douloureux; mais bientôt l'Indienne montra son cou et ses épaules couverts de ses longs cheveux noirs, et, bondissant dans les vagues, elle tourna un moment les yeux vers le navire, criant à

Dorothée : —On m'a appelé la Fleur des
mers; ne crains rien pour moi!... Puis elle
nagea rapidement vers le rivage, dont on
était à trois quarts de lieue.

En vain Dorothée supplia-t-elle le Capitaine de mettre une embarcation en
mer pour ramener cette fille que lui
avait confiée la Reine; le Seigneur Dias s'y
refusa, disant que l'Indienne était aussi
bien en sûreté sur les flots que dans le navire, et qu'à la manière dont elle nageait,
il serait bien difficile de l'atteindre; en
effet, à la voir fendre les flots, on eût dit
une jeune dorade qui se joue dans les eaux
en bondissant au soleil.

Au bout de quelque temps on l'aperçut
courant le long de la côte; elle gravit un
monticule, elle regarda le navire en faisant des gestes d'adieu qui s'adressaient à
Dorothée, puis elle descendit rapidement
au milieu des palmiers du rivage; on ne
la vit plus.

En ce moment les navires saluaient de vingt coups de canon la ville de San-Domingo ; et le bruit répété par les échos faisait tressaillir dans leurs campagnes les malheureux Indiens.

Quelques jours après Francisco de Bovadilla s'était installé dans la demeure de Colomb, malgré les efforts de Diego pour s'opposer à cette usurpation. La ville était plus troublée que jamais ; et Dorothée de Bovadilla se repentait elle-même qu'on eût tant accordé de pouvoir à son oncle.

CHAPITRE VIII.

Les souffrances des forêts.

Quand Nouna-Koali se fut une peu éloignée de la côte, elle monta sur une colline d'où l'on voyait la mer et la campagne;
après avoir contemplé pendant quelque
temps le spectacle imposant qu'elle avait
sous les yeux; elle pleura beaucoup, et
se prit à chanter un long aréyto dont les
modulations plaintives et solennelles se
mêlaient à la brise qui venait de l'Océan.
Puis elle s'arrêta tout-à-coup, et l'on eût
dit qu'elle aspirait à longs traits l'air na-
tal, et qu'elle cherchait à se ranimer de
se douceur vivifiante. Les yeux fixés vers

le nord, elle se pénétrait de ses longs souvenirs ; ses yeux abattus étaient devenus ardens ; la prière de son cœur était prononcée d'une voix tremblante mais forte ; elle dit : — Gamaonacon en me donnant la vie m'a envoyé un rêve bien triste ; cependant j'irai vers Anacoana la Fleur-d'Or, et je lui dirai : — Ma sœur, t'ayant vue, je puis mourir... Auparavant je visiterai la caverne de Janaboina, où j'eus du bonheur dans mon tourment... J'irai sur la pierre sacrée du royaume de Guacanagari, et j'invoquerai une ombre au milieu des âmes... il est maintenant dans l'île de Soraya..., car c'était un rêve, un horrible rêve...

Elle jeta encore un long regard autour d'elle, et s'écria : — Autrefois j'aurais été par le grand lac, maintenant les flots sont couverts des pirogues des *Maguacochios*, il faut entrer dans le désert.

Elle descendit alors de la colline, et se dirigea vers le nord, en longeant toujours le bord de la mer, qui était à peu près désert.

Le troisième jour elle rencontra une famille indienne qui était venue pêcher dans ces parages, et qui la conduisit vers le royaume de Marien ; elle se fit débarquer à la baie de Caracol, et remercia les bons Indiens, en leur disant qu'un jour, s'ils venaient au royaume de Xaragua, elle pourrait peut-être les récompenser ; mais ils s'inclinèrent et lui répondirent :

— Fille de Cacique, en t'entendant chanter sur la mer, il nous a semblé entendre Gumazoa la grande déesse... Nous sommes fort heureux de t'avoir servie, et nous ne demandons plus qu'une chose, c'est que tu intercèdes Gamaonacon dans les temples pour que nous allions bientôt dans l'île de Soraya où vont les âmes ; ainsi que ce tout petit enfant, qui servirait un jour les *Maguacochios*; entends-tu, fille de Cacique, c'est la prière d'un père... L'homme n'en dit pas davantage, la femme pleura et serra son enfant sur son sein... Et la pirogue regagna la mer. Nouna-Koali priait déjà sur le rivage où, huit années auparavant, ravie dans son espérance, elle attendait un Dieu.

La ville de Marien était dévastée, elle n'y vit que quelques pauvres cabanes: Guacanagari avait transporté autre part son palais de feuillage. Nouna-Koali trouva bien encore quelques Nitayos qui l'accueillirent; mais les danses religieuses avaient cessé, et c'était en frémissant qu'on regardait les temples, car les temples avaient été souillés par les Européens. Nouna-Koali monta sur la roche sacrée, mais cette fois sa prière au milieu des nuages fut silencieuse; elle descendit dans la caverne de Janaboina. Cet ancien temple avait été seul respecté, parcequ'il avait été inconnu: Jean d'Avallon, à la demande d'Ismaël, n'en avait point désigné l'entrée aux Européens.

Ce fut avec un mélange de tendresse
sacrée et d'émotion religieuse qu'elle pénétra dans ce sanctuaire. Une chose
la surprit en entrant : deux idoles couvertes d'ornemens d'or avaient été en-
levées, mais il n'y avait rien de changé
dans la caverne. Elle vit la couche de
mousse recouverte de sa nagua, où
avait reposé Ismael,.... et elle s'y re-
posa avec un long et douloureux frémis-
sement; elle vit encore le hamac suspendu entre les deux statues de pierre,
ses belles franges étaient ternies; un
souffle l'aurait détruit; elle le regarda dans
une rêverie amère. Des fruits desséchés
étaient restés dans une corbeille de liane;
elle se précipita avec une sorte de fréné-
sie sur ces fruits, on eût dit quelle cherchait à savourer leur écorce aride; un
vase de pierre noire avait été abandonné
au-dessous de l'ouverture du sanctuaire,
et l'eau des pluies le remplissait...; elle

4.   5.

but cette eau avec délice... Et une sorte
de délire s'emparant d'elle, elle s'écria
tout-à-coup : — Mon Génie, mon Génie,
il ne manque que toi ici!... Ne viendras-tu
pas me visiter? Le vent gémissait tristement dans les sinuosités de la caverne, ce
fut la seule réponse qu'elle obtint... Elle
prêta long - temps l'oreille, et appela
long - temps encore ;... et puis elle se
jeta avec une espèce de fureur aux pieds
des idoles, en les accusant de cruauté de la
laisser vivre si long-temps; mais en arrêtant
ses yeux sur ces choses qui avaient servi
à l'usage d'une personne aimée, sa fureur s'éteignit dans les pleurs... Elle bai-
sait chaque objet avec une religieuse tendresse, l'interrogeait comme si cette chose
inanimée avait pu lui répondre... Puis
quand elle venait à réfléchir froidement,
il lui semblait bien étrange que deux gros-
ses idoles aux ornemens d'or eussent été en-
levées... Dans ses idées superstitieuses,

elle s'imaginait ou que le Démon des Chrétiens en avait fait sa proie, ou qu'elles s'é-
taient échappées du temple comme s'en
était échappé autrefois le soleil.

Au bout de trois jours cependant elle
dit : — Si Nouna-Koali peut vivre quelque
part encore, c'est ici... J'irai voir ma sœur
l'Indienne, et pleurer avec elle ;... j'irai
dire à ma sœur des mers que Nouna ne l'a
point oubliée, et je reviendrai ici.

Et en effet au bout de cinq jours
elle était en route pour les monts de
Cibao. Mais, hélas ! six années d'exis-
tence parmi les blancs avaient bien changé sa manière de vivre ; elle sourit tristement en voyant son embarras dans les
grandes forêts ; et cependant comme son
âme donnait de la puissance à son corps,
elle eut mis bientôt plusieurs lieues entre
elle et le bord de la mer. Mais il faut bien
connaître les forêts américaines pour comprendre ses souffrances : dans ces forêts

quand les lianes ne vous ferment point le passage, quand il ne faut pas les rompre avec efforts, des herbes tranchantes vous blessent d'incisions douloureuses, de longues épines se balancent avec les feuillages et vous dardent leurs aiguillons; la sensitive aux larges traînées vous lie de ses rameaux errans; la raquette aux mille pointes se tient immobile sous un faisceau de fleurs. Tout est ombrage sans fraîcheur; vous levez les yeux vers la branche qui se balance au-dessus de vous, un serpent y est suspendu comme une liane, et vous le reconnaissez à ses regards ardens; il se replie, et vous fuyez; vous fuyez à travers une herbe abondante, vous franchissez ces longs filamens de verdure qui se succèdent de siècle en siècle; ils se balancent sur un abîme, la terre manque, une eau fangeuse jaillit de tous côtés; votre main saisit un cactus qui vous blesse encore en vous sauvant. Non, il n'y a rien d'exagéré dans un semblable tableau; de même que rien n'égale la magnificence de certaines forêts américaines, rien n'égale l'horreur de quelques unes d'entre elles; et je n'ai point parlé cependant de ces insectes piqueurs dont l'aiguillon ne se rassasie jamais; je n'ai point nommé le carapate aux jambes de crabe, qui s'enfonce dans le corps en suçant votre sang; je n'ai point dit le bruit fugitif et rapide du serpent, qui rase les feuilles en sifflant; je n'ai point parlé du caïman immobile qui tombe soudain dans le lac, et qui trouble l'eau que vous buviez. Après avoir éprouvé d'effroyables souffrances, Nouna-Koali arriva dans le royaume de Maguana, où avait régné Caonabo. Sa sœur Anacoana avait été demander asile à son frère Behechio; et les troupes de l'Adelantade s'opposaient à ce qu'elle pût gagner ce royaume. Dans le Cibao tout était détruit, les villages indiens avaient été brûlés, les

guerriers avaient fui dans les montagnes;
elle ne vit que quelques pauvres Indiens
courbés jusqu'à terre ou penchés au-dessus
des ruisseaux, cherchant dans les sables
quelques misérables pépites d'or ou lavant
la terre dans de grandes corbeilles appe-
lées *baïcar*.

Ce qu'ils faisaient jadis comme un dé-
lassement était devenu un travail perpé-
tuel qui ne pouvait point toujours leur
éviter les coups, encore bien moins la
mort; car le *Conquistador* (1) avait plus
promptement fait de donner un coup de
dague au misérable esclave qu'un coup de
fouet. Quelquefois ces infortunés Indiens
se considéraient tristement sans se parler; et comme s'ils s'étaient compris par un
seul regard, l'un d'eux allait déterrer la
racine encore verte du manioc, la broyait,
en exprimait le jus et le présentait à ses

(1) C'est le nom par lequel on désigne, dans toute l'A-
mérique méridionale, les chasseurs aux Indiens.

compatriotes, qui avalaient froidement ce breuvage de mort.

Souvent, plus courageux dans leur douleur, ils trouvaient la mort en se précipitant du haut des montagnes ou en se jetant sur les piques aiguës de l'aloès, que la nature semble avoir environné de ces armes terribles comme un emblème du désespoir.

Combien de fois Nouna-Koali ne regarda-t-elle pas leur tige sanglante avec une horrible pensée, en se détournant tout-à-coup, parcequ'elle venait de songer à sa sœur.

Elle rencontra quelques Indiens fugitifs qui lui racontèrent les désastres de son pays, lui parlant d'Anacaona la Fleur-d'Or, lui disant les regrets et le désespoir de cette Reine, le courage qu'elle montrait dans l'infortune, et les chants qu'elle avait composés sur sa sœur Nouna; et ils terminaient en ajoutant :—Elle admire encore les *Maguacochios* qui l'ont trompée. Pour nous, il nous faut un soleil que ne voient pas les étrangers... Et ils fuyaient par des chemins inconnus dans les montagnes. Si c'était la nuit, ils n'osaient allumer des torches qui les auraient fait reconnaître; mais, comme les Caraïbes, ils s'attachaient au talon ces insectes à la lumière verdâtre qu'on rencontre dans toutes les Antilles; de loin on eût dit un essaim lumineux s'éclipsant dans les herbes de la montagne. C'étaient de pauvres sauvages désolés qui confiaient leur vie, au milieu des précipices, à une petite lumière que la brise n'éteint jamais.

Il n'y avait plus de rang parmi les Indiens, le désespoir avait tout confondu. Le peuple de Caonabo, privé de son chef, avait cessé d'être redoutable; les vrais guerriers avaient trouvé la liberté dans les îles du voisinage ou dans les montagnes escarpées du Cibao. C'étaient surtout les femmes et les vieillards qui mouraient se disant entre eux : — Nous irons au paradis des Indiens, où les vieillards se reposent sous de grands arbres, où les jeunes âmes dansent parmi les fleurs.

Aussi avant d'avoir rencontré un seul Européen, Nouna-Koali avait-elle vu beaucoup plus de jeunes Indiennes et de Buhitios étendus sans vie dans la savane, que d'hommes en état de faire quelque résistance. Comme elle approchait des frontières de Bonao, et qu'elle était entrée dans une plaine à perte de vue, en prenant mille précautions pour ne pas être reconnue, elle vit au pied d'un ceïba une Indienne fort jeune, et qui avait dû être belle : ce n'était plus qu'un cadavre...

Comme toutes les filles de Cacique, ses cheveux étaient retenus par un cercle d'or; elle était morte sans qu'on l'eût couverte de terre, morte ainsi dans la solitude dé-

4.   6

solée; mais, en examinant le terrain où
elle reposait, il était aisé de voir qu'elle
avait dû faire partie d'une caravane nombreuse d'Indiens, qui l'avaient sans doute
abandonnée, ne pouvant plus la secourir.

Nouna-Koali s'approcha d'elle, la regarda quelque temps, et dit : — Elle est
morte bien jeune, morte à l'âge où j'aurais dû mourir... Autrefois toutes les jeunes filles auraient pleuré autour d'elle, nulle
jeune fille n'a pleuré;... on l'aurait peinte
merveilleusement de bixa rouge et de genipa bleu, personne ne l'a peinte... Tu
seras sans parure au milieu des âmes... On
t'aurait couverte de fleurs, l'herbe de la
savane, l'herbe souillée, humide, ne te
couvre même pas... Attends, attends, ô
jeune fille! je ferai tes funérailles dans le
désert; des funérailles sans pompe, car je
ne suis qu'une pauvre femme, errante
comme toi. Je dirai à la terre: Reçois-la;
au soleil, fais croître des fleurs sur sa

tombe... Tiens, tiens, enfant, tu ne te présenteras pas au séjour des âmes sans parure.
Et elle détacha un collier de nacre que lui
avait donné la Reine; elle le mit autour
du cou de la jeune morte, en disant:
— C'est une fort bonne Maguacochio qui
m'a fait ce présent; en vérité une Indienne
peut le recevoir d'une autre Indienne....

Puis, comme on était au point du jour
où le soleil commence à pomper les vapeurs, elle vit s'élever ce brouillard épais
qu'on appelle le drap mortuaire des sa-
vanes.

— Fuis, jeune âme! s'écria Nouna-Koali,
fuis dans cette vapeur, où peuvent voyager
les âmes: j'aurai soin de ton corps. Et elle
se mit à creuser la terre avec une de ces co-
quilles fluviatiles qu'on rencontre souvent
dans les plaines; elle allait fort lentement,
répétant une chanson des morts consa-
crée par le Buhitio; elle s'arrêtait quelquefois cherchant les paroles qu'elle avait

oubliées et l'air qui était sorti de sa mémoire. — Le chagrin, disait-elle, m'a fait même oublier ce qu'on dit aux morts. Voilà qui est bien triste pour cette jeune âme... Eh bien! ne te plains pas dans les vents, je te ferai un areyto.

Et elle se prit à dire:

Un pauvre petit oiseau était dans son nid, doucement couché sous sa mère, et lui disant: — Ma mère, ce nid est fort doux; ces fleurs qui le couvrent sont très parfumées; le ciel est bien bleu: mais je ne veux point quitter ces yarumas...

— Petit oiseau qui commence à chanter, lui dit la mère, j'ai vu deux yeux de serpent briller sous les feuilles,... je viens d'entendre le bruit des ailes d'un grand vautour:... il faut fuir de ce nid, qui est si doux!...

Le petit oiseau, qui commençait à chanter, a voulu fuir; ses ailes étaient sans force;... et il a dit à sa mère:— Volez devant moi, j'irai avec vous dans le ciel bleu....

S'il parlait ainsi, c'est qu'il ne pouvait plus voler;... et il est mort!

Et sa mère a crié;... elle l'a laissé dans les longues herbes!...

Et ayant achevé ce chant de deuil,
Nouna-Koali appela à haute voix Guacarapita, la grande Déesse, qui protège les
jeunes filles; puis elle ajouta:—Les Maguacochios m'ont parlé d'une tendre mère
dont le fils a beaucoup souffert pour les
hommes, et qui vit dans *Turey*, proté-
geant, dit-on, les Indiens contre Maboïa
le malin Esprit. Ceci est fort bien, et je
l'invoque aussi pour cette jeune enfant,
qui n'a jamais fait de mal à personne,
mais qui a besoin d'une mère.

Nouna-Koali était fort occupée de ces
rites funèbres. Environnée des brouillards
de la savane, que le soleil n'avait point
encore dissipés, elle creusait toujours la
tombe, en s'arrêtant de temps en temps
pour contempler la jeune Indienne, et
jeter un cri funèbre qui retentissait dans
la solitude... Tout-à-coup elle enten-

dit du bruit; elle écouta attentivement,
et crut d'abord reconnaître des pas d'Indiens; mais bientôt, au froissement rapide des herbes, elle comprit que c'étaient
des Espagnols qui s'avançaient; l'idée lui
vint de s'éloigner, en se glissant parmi ces
longues herbes, comme l'innocent iguana
qu'on entend à peine fuir; mais elle regarda la jeune fille, dont la chevelure
noire était épandue, dont la tête charmante
était sans soutien. — Tu demandes ta
couche de terre, dit-elle, pauvre enfant...
Eh bien! je ne quitterai point cette fête des
morts, dût la mort venir pour moi. Et puis
elle recommença ses chants funèbres,
comme si elle eût été au milieu d'un peuple nombreux accouru pour contempler
les funérailles d'une fille de Cacique.

Occupée de ces saints devoirs, étrangère à tout ce qui se passait autour d'elle,
ne songeant plus qu'à la mort, elle appela trois fois Jocaliima; puis elle se pen-

cha sur le sein de la jeune fille en lui disant : — Comme je suis étrangère... je ne sais qui te regrette, et qui il faudrait te nommer maintenant pour te faire plaisir... Tu étais bien jeune pour qu'un beau Chef t'aimât... cependant tu es bien belle... Voici les paroles que je te dirai avant de te mettre dans cette fosse : — Hélas! elle est morte, celle qui aimait sa mère et son père, et qui aurait aimé son époux... Puis, selon les rites indiens, elle se prit à lui demander si elle n'était pas assez heureuse sur la terre, qu'elle l'avait abandonnée.... — Est-ce que tes compagnes ne te donnaient pas la première place dans l'areyto, que tu nous as quittés ?... Est-ce que ton hamac blanc n'était pas mollement suspendu le matin entre des branches de fleurs ?... Est-ce que le cazabi et les douces caïmites t'ont manqué ? Nouna-Koali s'arrêta avec une douloureuse angoisse : — O mon Dieu! continua-t-elle , ce sont les paroles funèbres qu'on prononce au milieu de l'abondance, mais dans le désert... hélas! oui, le pain t'a manqué, pauvre enfant! Il t'a fallu dormir sur la terre...Repose dans son sein, ma fille! Et elle s'apprêtait en pleurant à soulever la jeune Indienne, quand elle s'arrêta tout-à-coup : le bruit des pas se rapprochait.

— Écoute-donc! Antonio Giraldez, ces chiens d'Indiens, ils chantent ; il faut qu'ils soient naturellement bien gais, car leur vie maintenant, il faut en convenir, est un peu dure pour des gens qui aimaient tant à danser.

—Tu aimes à rire, toi, Carjaval ; mais tandis que ces misérables enterrent leurs morts, ils ne travaillent point. Ils oublient souvent, les gueux, qu'ils doivent remplir leur petite sonnette de Flandre de poudre d'or , et que c'est une courtoisie de n'en exiger que la moitié...

*— *Maboya Calina*, dit en indien l'un des deux interlocuteurs en s'adressant à Nouna-Koali, près de laquelle il s'était approché, ou chienne d'Indienne, si tu entends le castillan, que fais-tu là?

Nouna-Koali se plaça devant le corps de la jeune fille, et regardant avec fierté les étrangers, elle répondit, dans son mauvais espagnol : — Je fais la fête des morts.

— La fête des morts où l'on enterre l'or du Roi! dit Carjaval en saisissant la couronne d'or qui parait la jeune Indienne. Voici une nouvelle manière d'exécuter les ordonnances de Leurs Altesses. Payez ce que vous devez, misérables, payez, et vous enterrerez vos morts... C'est une chose honteuse qu'ayant réduit le tribut, il ne soit jamais complet dans les coffres du contrôleur... Qui es-tu, misérable femme, pour répondre aux officiers de Leurs Altesses?

Nouna-Koali les regarda tous deux
avec un profond dédain : — Je suis l'Indienne de la Reine Isabelle, libre quand
tous seraient esclaves... Et elle leur montra une médaille d'or comme on en donna
depuis aux Caciques, mais en bronze; sur
la sienne était gravé le chiffre d'Isabelle.

— Ceci est nouveau, dit Antonio Giraldez; ce sont bien les armes du royaume;
mais nous la conduirons au Seigneur Alcade, et nous saurons à quoi nous en tenir sur cette prétendue Indienne de la
Reine. Il est vrai que la Reine a bien pu
avoir une Indienne, comme le Roi a un
grand singe d'Afrique dont son frère de Portugal lui a fait présent. Marche, femme!
Nouna-Koali sentit qu'elle était trop faible pour résister à ces étrangers, elle dé-
daigna de leur répondre, mais elle prit
une poignée de terre et elle la jeta sur le
corps de la jeune Indienne en lui disant:
— O jeune fille! tu te présenteras à Jo-

cahima avec tes longs cheveux sans or-
némens, et tu lui diras : — J'étais morte,
les blancs m'ont ôté ma couronne d'or...

Ils marchèrent une demi-journée dans
la plaine, Nouna-Koali allait toujours devant eux. L'on eût dit, à voir sa démarche,
que, loin d'être contrainte à leur obéir,
elle était là pour leur commander.

Quelquefois elle se retournait gravement vers eux, leur disant : — Les *Ma-*
guacochios n'ont sans doute pas d'amis qui
pleurent quand Jocahima les endort pour
toujours, qu'ils ne laissent pas enterrer les
morts. Mais sans oser la frapper, car son
aspect commandait le respect, ils lui ré-
pétaient : — Marche, Indienne! marche !
Avant tout, les droits du Roi et de la
Reine et ceux de Monseigneur l'Amiral.
Ces trois mots n'avaient jamais été tra-
duits dans la langue des Indiens, mais il
suffisait de les prononcer pour jeter la
consternation dans tout un village.

L'Indienne reprit : — La mère blanche des Indiens ne voudrait pas de l'or
qu'on a pris aux morts. Elle a beaucoup
d'or, notre mère blanche, mais elle ne
sait pas comme il y a du sang sur cet or,
du sang d'Indiens.... Et elle fit un geste
d'horreur.

A mesure qu'elle s'avançait dans la
plaine, la pensée qu'elle avait été contrainte d'abandonner le corps de la pauvre Indienne la tourmentait davantage.
Comme le soleil avait dissipé le brouillard
de la savane au milieu de laquelle était
resté étendu le cadavre, elle s'arrêta un
instant et montra le soleil aux Espagnols
en leur disant : — Voici l'œil de Jocahima
qui regarde la terre pour la réjouir, et il
va être fort triste, voyant ainsi une jeune
fille étendue sans sépulture.

— L'œil de Jocahima en voit bien d'autres, répliqua en riant Giraldez ; et il n'y
aurait pas grand mal quand il se fermerait

tout-à-fait ; car quelquefois ses regards
sont plus chauds que ceux de la guarduna
de Séville. Mais que te semble-t-il, Carjaval, de ses idées de païens? Si leur Dieu a
un tel œil, il ne voit guère leur misère,
car réellement ils sont maintenant misérables.

— Et nous donc, et nous qu'ils laissent
sans vivres, ces idolâtres..., préférant mourir à cultiver la terre.

— *Maguacochios*, dit Nonna-Koali,
tout à l'heure cette jeune fille avait un
linceul de nuages, et maintenant le soleil
vient de le dissiper, elle sera la pâture du
mangfeni; ceci est fort triste, et voyez-
vous, les morts reviennent tourmenter
les Indiens quand ils sont mécontens
d'eux. Un jour, lorsqu'ils seront très forts
par le nombre, ils vous tourmenteront
également. Comme elle s'aperçut que
son discours faisait quelque impression
sur l'esprit superstitieux des deux soldats,

elle continua en leur disant;—Ces fantômes
viennent balancer quelquefois les hommes
dans leur hamac durant la nuit. Ils glissent
leur corps froid près de celui des vivans,
et se jouent d'eux dans leur sommeil...

  —En as-tu vu quelques uns, Indienne?

  — Non, non, mais on peut toujours
les reconnaître parceque leur face est bleue
et que leurs yeux sont très brillans...

  — Ces idolâtres, Giraldez, ces idolâtres,
quand ils seront tous morts, pourront
bien un jour devenir à craindre... et, quoi
qu'on en dise, il se passe d'étranges choses dans cette île; il n'y pas a plus de huit
jours, Velez el Blanco a vu une sirène dans
un lac du voisinage; elle était prête à chanter, car elle sortait sa tête et ses épaules de
femme hors de l'eau; et s'il n'eût tiré à tout
hasard un coup d'escopette, c'en était
fait de lui; elle eût chanté, sa chanson
trompeuse l'aurait charmé; elle l'aurait
dévoré à loisir, comme a été mangé derniè-

rement dans le lac, par un gros crocodile, le fils de Pedro Perez qui se baignait.

Les deux interlocuteurs, en parlant ainsi, ajoutaient encore à l'espèce de terreur que leur avait causée les paroles de Nouna, et cependant cette sirène dont ils parlaient avec tant d'effroi n'était que le manati, qu'on rencontre dans presque toute l'Amérique méridionale, et dont la forme étrange jette encore la terreur dans quelques esprits superstitieux.

Nos Espagnols s'étaient arrêtés, et Nouna attendait en silence leur décision.

— C'est une chose bien étrange, Carjaval, mais ce que vient de dire cette maudite Indienne me revient à l'esprit. Il me semble maintenant que mon hamac a été balancé plus d'une fois par ces âmes d'Indiens trépassés qui hurlaient dans les vents en passant au-dessus de moi, me regardant dans les airs avec leurs yeux verdâtres comme font les morts.

— Ce n'était peut-être que le vent qui te balançait dans la savane, car nous sommes trop Chrétiens pour avoir rien à craindre de ces misérables Indiens, tout damnés qu'ils sont...Mais si tu m'en crois, après avoir passé le temps de la chaleur dans les herbes et sous ces deux palmiers, nous reviendrons sur nos pas et nous laisserons enterrer cette jeune fille; car, je te connais, tu l'aurais toujours devant les yeux, et la nuit, la nuit... Giraldez, c'est ta conscience qui a des yeux de feu...

— Carjaval, ton avis est bon; mais tu aurais pu te passer de la dernière réflexion; mêle-toi de tes affaires et ne parle plus ainsi, ou sinon tu sais que je me connais au jeu de la dague, et que j'ai donné aussi vite un coup de ma lame de Tolède que tu as pu dire une parole. — Bon, bon! depuis deux jours tu ne sais plus pardonner une plaisanterie.

Les deux Conquistadores se connaissaient trop bien pour continuer la conversation sur ce ton.

—Eh bien! soit, dit Carjaval, eh bien! soit, que l'Indienne aille enterrer ce cadavre. Aussi bien ce n'est point le temps qui nous presse dans ce désert ; mais puisqu'elle a appartenu à la Reine Isabelle, nous la ramènerons au camp de l'Amiral, qui ne doit pas être fort éloigné à l'Est, derrière ces grandes forêts...

Après avoir fait une halte fort longue, les deux encommenderos jugèrent en effet à propos de ramener Nouna-Koali près du corps de la fille de Cacique en lui disant assez rudement de terminer promptement ses cérémonies de païenne, parcequ'ils voulaient profiter de la fraîcheur du soir pour marcher dans la plaine.

—Hélas! dit Nouna, il me faudrait plusieurs mois pour l'honorer selon son rang, et ils ne me laissent que bien peu d'heures. Je vais cependant prier pour

4. 6.

que son âme aille dans l'île Soraya, sous l'ombrage délicieux des mameys.

Elle recommença alors l'areyto en l'honneur de la jeune fille; sa voix s'éleva tristement dans la solitude; elle coupa quelques uns de ses cheveux en signe de deuil, et remplit dans le désert la plupart des rites consacrés. En ce moment le jour était fort avancé, et elle n'avait pas encore déposé en terre le cadavre de l'Indienne.

Les deux Espagnols la pressaient d'achever, car ils n'étaient pas disposés à passer la nuit dans cet endroit; mais elle s'interrompait quelquefois d'une manière si solennelle pour leur dire que l'âme de la jeune fille ne serait pas satisfaite, qu'ils finirent par attendre plus patiemment en disant leur rosaire, et que peu à peu le sommeil les gagna.

Nouna-Koali termina la dernière cérémonie, qui consistait à appeler trois fois

Jocahima le Dieu suprême pour recevoir une âme; elle recouvrit le cadavre de fleurs: puis elle invoqua alors la sainte Vierge, car elle mêlait encore cette idée religieuse à ses idées d'idolâtre.

En ce moment la nuit était sur le point de venir, et quand elle sortit du profond recueillement où elle était plongée pour dire aux encommenderos que tout était fini, et qu'elle allait les suivre, elle s'aperçut qu'ils dormaient profondément; elle dit en elle-même : — Gamaonacon me favorise, parceque j'ai enterré la jeune Cacique; je profiterai de sa bonté. Elle regarda alors la plaine qui s'étendait au loin devant elle; l'herbe était assez longue, mais l'on n'y voyait çà et là que quelques arbres peu touffus; il lui paraissait presque impossible de se soustraire à ses gardiens; car la fatigue l'accablait, elle n'avait plus l'agilité des autres temps. Tout-à-coup il lui vint à la

pensée d'user d'un stratagème employé
par les Caraïbes dans leurs fêtes, et elle
réfléchit que ce qui n'était qu'un jeu parmi
ces peuples pourrait la servir d'une manière
efficace. Tout en continuant ses chants funèbres, elle attrapa à la hâte un grand
nombre de ces lucioles ou mouches lui-
santes, qu'on nomme *cocuye* à Saint-Domingue, et qui sont si nombreuses dans
les prairies ; elle en broya rapidement les
têtes lumineuses qu'elle mêla à certains
sucs d'herbe, puis elle se frotta tout le
corps de cette composition phosphorique,
et ainsi elle semblait revêtue de flammes
bleuâtres qui lui donnaient un aspect à la
fois mystérieux et redoutable : elle s'inclina alors de nouveau devant le corps de
la jeune Cacique, et quitta rapidement
le lieu où elle se trouvait.

Elle était à environ cent pas de la tombe
quand les deux Espagnols, n'entendant plus
le chant monotone de l'areyto, se réveillè-

rent, ainsi que cela arrive lorsque l'on s'est
endormi à un bruit qui cesse tout-à-coup.
Carjaval regarda devant lui et s'écria : —
L'oiseau pleureur est parti! la maudite Indienne nous a joué un tour, elle a beau
être l'Indienne de la Reine, elle ne l'em-
portera pas en paradis. Et il avait bandé
son escopette, mais il achevait à peine,
que son camarade, qui avait jeté un regard perçant sur la savane, s'écria avec
toutes les marques d'une profonde terreur: — Carjaval, dis ton rosaire au lieu
de blasphémer!... Nous avons été bien bê-
tes d'écouter les paroles emmiélées de cette
sorcière; la voilà qui court dans la plaine
toute vêtue des flammes de l'enfer , et
nous sommes bien heureux si elle ne revient pas avec une légion de Diables pour
nous tordre le cou.

Et pendant que l'Indienne fuyait dans
la plaine, on entendait les deux encommenderos qui s'écriaient : — Grand saint

Jacques! ayez pitié de deux vieux Chrétiens! Grand saint Nicolas! préservez-
nous de ses maléfices... Je vous promets
une douzaine de cierges de cire blanche
gros comme ces gros cierges à fleurs rouges que nous avons devant nous!...

— Et moi, deux lampes d'or fin presque aussi grandes que le bénitier de l'église
de San-Pablo!

CHAPITRE IX.

Le camp des Espagnols.

Des Espagnols étaient étendus nonchalamment au milieu de plusieurs Caciques parés de leurs ceintures de plume et de leurs manteaux de coton blanc, dont ils avaient adopté l'usage plus généralement depuis l'arrivée des Européens. Deux hommes, à l'écart, parlaient debout : c'étaient Colomb et Mendez, Diego Mendez à qui il n'avait manqué qu'une occasion pour être un grand homme.

— L'Adelantade a une chaude journée aujourd'hui, bon Diego, dans ces campa-

gnes de Xaragua, où il est obligé de marcher continuellement couvert de la cui-
rasse pour soumettre ces audacieux Indiens
qui résistent à la couronne. Qu'ils se fas-
sent Chrétiens, qu'ils embrassent la croix
au lieu de périr sous le fer...

— Seigneur Amiral, ces Indiens ne sont
plus des gens sans courage; le désespoir
leur en a donné, la foi leur viendra aussi;
mais, pour vous dire la vérité, je pense
que des paroles de Franciscains seraient
aussi bonnes pour les convaincre que nos
coups d'épée... Ce n'est point, au moins,
que je refuse de les combattre : à terre et
sur l'eau, dans la Vega et dans la montagne, mon épée est toujours prête contre
ces païens,... et contre les Chrétiens aussi,
Seigneur Amiral : si vous l'aviez voulu
permettre, le Seigneur Roldan, si humble
maintenant, l'eût été plus tôt; je lui aurais montré ce que c'est qu'une parole ju-
rée à un Amiral de Castille!

— Mendez, Mendez, tu as un cœur et Roldan n'a qu'une tête, mais une tête forte et dont on peut user. Il me semble encore le voir en présence de cet Ojeda, si rusé et si brave, et cependant vaincu par l'adresse et par la bravoure. Un Indien m'en a apporté hier le récit : Ojeda, tu le sais, après m'avoir donné de franches preuves d'amitié, Ojeda est devenu mon ennemi par les insinuations perfides de son oncle. Il a débarqué, il y a quelques jours, sur les côtes désertes de l'île, élevant puissance contre puissance. Roldan, l'endiablé Roldan, a joué ruse contre ruse, et il est parvenu à le chasser de l'île. — Et à propos, Mendez, sais-tu s'il s'est emparé de cet étranger qui rôde depuis quelques semaines dans les environs de San-Domingo ? Je m'étonne que le Seigneur Bovadilla, qui promet, dit-on, toujours monts et merveilles, ne se soit pas déjà rendu maître de cet Européen qui prend si

chaudement à cœur le sort des Indiens,
dont tout le monde a entendu parler et
que personne ne voit... Mais, je le répète,
c'est une heureuse chose que cette expédition de Roldan contre Ojeda... Comment ont été disposés les postes, Mendez?

— Diego de Hurtado, Monseigneur, occupe le défilé qui conduit aux montagnes;
le brave Capitaine des arquebusiers, Don
Juan de Avalloneda, qui nous est revenu
depuis quelque temps, est à Sainte-Croix,
près du fort; Juan Perez rôde dans le
petit bois de lataniers, et nous avons
quelques hommes sur le bord du lac.

— Bien, Mendez, bien. Tu le vois, tout
se pacifie dans cette île, hormis ces Indiens, qu'il faut forcer à se soumettre aux
deux Rois et à faire leur salut; mais,
comme tu le dis, des moines rempliront
mieux ici cet office que des gens armés...
Je ne crains pas d'en rougir devant un
vieux Chrétien, Mendez; mais ils igno-

rent jusqu'aux prières que tout Catholique
doit savoir; ils ont corrompu jusqu'aux
Indiens eux-mêmes, qui se jouent à la
paume entre eux, qui se vendent comme
esclaves... Oh! que n'ai-je le pouvoir des
Apôtres et une voix puissante comme les
leurs pour appeler toutes ces âmes dans
le ciel!... Mon Dieu, mon Dieu! un si beau
pays et tant de corruption!

— Seigneur, Seigneur Amiral, je ne serai jamais clerc, comme le Seigneur Las-
Casas; mais il me semble que vous vous
délivreriez d'un grand souci en faisant bap-
tiser, de gré ou de force, tous ces païens:
donnez-moi deux cents hommes et un Prê-
tre, et je me charge de leur salut.

— Mendez, ce n'est point ainsi qu'on
peut agir. Jésus-Christ a dit à saint Pierre:
« Paissez mes brebis. » Sa douceur divine
aurait en abomination une telle contrainte... Quand des Indiens ont été faits captifs par mes ordres, je ne voulais agir

qu'en pasteur : les *Conquistadores* ont agi en bourreaux... Oh! que l'âme est troublée devant de telles pensées!... Mais, Mendez, j'ai toujours présens à la mémoire ces mots d'Ézéchiel : « Vous n'êtes point mon-
» té à la muraille, et vous n'avez pas fait
» face à l'ennemi pour défendre la maison
» d'Israel en combattant dans le jour du
» Seigneur... » Il est temps, il est temps d'accomplir l'unique vœu de mon cœur, de délivrer ce saint Sépulcre pour l'amour duquel j'ai supporté tant d'angoisses, achevé tant de travaux... Ma mission est finie en ces lieux : j'ai donné de pauvres idolâtres aux Prêtres ;... mais les ennemis du nom chrétien, ces mécréans qui con-naissent le nom de Jésus et qui le renient, ce sont ceux-là qu'il faut vaincre et immo-ler, s'ils ne veulent croire... Il faut qu'on dise de moi ces paroles du Prophète Ha-bacuc : « Il est arrivé de notre temps des
» choses qu'on ne croira pas lorsque le

» récit en sera fait... » Mendez, Mendez,
le Cathay est-il si loin qu'on ne puisse le
trouver, et la Terre-Sainte si éloignée du
Cathay qu'on ne puisse la conquérir?...

— Il n'y a rien, Seigneur Amiral, que
des bras espagnols ne puissent conquérir;
mais il me fâche de vous voir vous échauf-
fer l'âme par de telles pensées. Vous rappelez-vous ce jour où vous étiez sans voix
et presque sans mouvement, aveugle,
souffrant?... Qui ne vous eût pas connu
vous eût pris pour un homme sans volonté : c'était le tourment du vouloir qui
vous faisait ainsi mourir avant le temps.

— O Mendez! tu ignores ce que c'est
que la voix du Seigneur retentissant toujours à vos oreilles!... Quand j'étais ainsi
mourant aux yeux des hommes, j'étais vivant dans l'esprit du Seigneur, ranimant
mon âme à son éternelle bonté... Oui,
Mendez, oui, quand l'étendard de la Reine
Isabelle flottera sur le saint Sépulcre

comme je l'ai vu flotter sur les tours de Grenade, oh! alors, alors seulement, je pourrai me reposer et mourir, et quand la mort m'aura frappé, ma place sera peut-être marquée dans les cieux!... Toutes ces pauvres âmes indiennes, qui souffrent maintenant, me béniront; les infidèles convertis élèveront mon nom dans la gloire du Seigneur!... O Mendez! continua Colomb avec une exaltation toujours croissante, quel concert pour une âme bien-heureuse, que ces voix d'infidèles louant le Seigneur! quelle vue glorieuse que ces hommes si divers confondus dans l'amour de Dieu!...

Et comme il était plongé, ainsi que cela lui arrivait quelquefois, dans une de ces extases où il croyait entendre des voix mystérieuses qui s'adressaient à lui, un coup d'arquebuse partit tout-à-coup et retentit dans ces campagnes silencieuses, si paisibles quelques momens auparavant,

et l'on entendit une voix qui disait derrière les arbres : — L'as-tu manquée?

— Je pense que oui; mais mes jambes
ne la manqueront pas...

— Ces maudits Indiens, depuis quelque
temps, ne veulent plus cultiver la terre,
et viennent dévaster nos champs et manger notre maïs, comme s'il leur appartenait.

L'Amiral sortit tout-à-coup de la rêverie où il était plongé quelques momens
auparavant, et il s'écria d'une voix ferme :
— J'avais défendu toutes ces violences et
je les défends encore! Bien heureux est
celui qui n'a point frappé de mort, car
la mort l'aurait frappé!

— Je suis sûr, dit Mendez, que ce coup
est parti d'une main lâche, et qu'il s'a-
dressait à quelque misérable mourant de
faim...

Comme il achevait ces mots, un jeune
homme d'une figure grave, mais pleine de

douceur, entra, tenant une pauvre Indienne qui paraissait avoir beaucoup souffert, et sur laquelle le chagrin avait pro-
duit une telle impression, qu'elle suivait
sans résistance ceux qui la conduisaient;
elle jetait des regards égarés autour d'elle
et pouvait à peine se soutenir... Le jeune
homme lui parlait avec une extrême douceur en cherchant à la rassurer. Quand il
fut près de l'Amiral, il fit asseoir Nouna-
Koali, car c'était elle, et s'avançant vers
Colomb, il lui dit : — Seigneur Amiral,
je demande vengeance pour cette pauvre
créature, qui ne peut parler...

—Je parlerai à mon père, dit l'Indienne
en castillan et de manière à se faire comprendre. Je suis bien changée, continua-
t-elle en montrant ses bras amaigris, je
suis bien changée, mais peut-être pourra-
t-il me reconnaître...

Colomb s'approcha d'elle, et ne put retenir un cri de surprise : —O pauvre fille!

dit-il, tu as donc beaucoup souffert?

— J'ai beaucoup souffert, mon père; et voyant que je souffrais beaucoup, la mère des Indiens m'a renvoyée dans mon pays;... et maintenant écoute-moi, mon père: autrefois quand un *Maguacochio* entrait dans nos cabanes, tu le sais, on lui présentait beaucoup de fruits et beaucoup de cassave; on lui donnait de l'or quand il y avait de l'or, du guanin quand il y avait du guanin;... aujourd'hui une pauvre Indienne ne peut pas prendre une tige de maïs dans le champ d'un Chrétien sans que le Chrétien allume son tonnerre... ceci est fort triste, mon père; mais ce qui est plus triste encore, c'est qu'une fille de Cacique ne soit point libre, et que des étrangers l'insultent.

Colomb appela alors tous les hommes de sa suite; et après avoir fait donner de prompts secours à Nouna-Koali, il exigea qu'on lui fît un récit exact de la manière dont on s'était emparé d'elle ; mais il ne put rien obtenir d'eux, sinon que les Indiens du voisinage s'étant montrés à plusieurs reprises dans les champs de maïs et de manioc qui appartenaient aux Espagnols, l'Alcade avait prévenu qu'on pouvait s'opposer de force à leurs déprédations, et que cette Indienne s'étant montrée peu de temps après, comme si elle se fût disposée à cueillir des épis de maïs, on avait tiré un coup d'escopette, qui ne pouvait l'atteindre, mais qui l'avait fait fuir ; ils ajoutèrent que, deux soldats s'étant mis à sa poursuite, elle avait été promptement amenée dans le camp, malgré tous les efforts qu'elle avait faits pour s'échapper.— Et même, continuait celui des officiers qui répondait à l'Amiral, voici le Seigneur Las Casas qui, bien que simple employé de la Couronne, se mêle sans cesse des ordres militaires ; voici le Seigneur Las Casas, qui s'est emparé de cette femme, en disant qu'il avait mission du ciel pour défendre les Indiens comme d'autres pour les conquérir.

— Et pourquoi m'en défendrais-je, Seigneur Cuença? dit le jeune homme en s'approchant de l'Amiral; pourquoi m'en défendrais-je? quand mon cœur et votre cruauté me le prouvent tous les jours : le prophète Ézéchiel ne dit-il pas de chercher celui qui s'est égaré, de protéger l'humble, de consoler l'affligé, de fortifier le faible, et de guérir celui qui est malade? Et il est dit encore dans les proverbes saints : «Délivrez ceux qu'on mène à la mort, et faites tous vos efforts pour rendre la liberté à ceux qui l'ont perdue.»

—Vous serez clerc, Seigneur Las Casas, quelque jour vous serez clerc, dit le Capitaine Cuença en appuyant avec ironie sur ces dernières paroles.

— Et pourquoi pas, Seigneur Cuença? si j'ai un cœur pour comprendre l'Évan-

gile, et du courage pour défendre les Indiens ! Isaïe l'a dit, Seigneur Amiral, et
je le répète à vous qui comprenez les
Saintes Écritures : « La paix est l'œuvre de
la justice.» Ces soldats non seulement manquent de justice, mais ils manquent des
moindres sentimens d'humanité.... Hier
encore j'ai vu... Ici le noble jeune homme
fut interrompu par les murmures des officiers de l'expédition. — Seigneur Amiral,
reprit Cuença, s'il vous conte tout ce qu'il
a vu, nous n'aurons pas fini d'ici à plusieurs jours; c'est une jeune fille de Séville venue dans les bois; une goutte de
sang lui fait peur.

— Non, non, seigneur Cuença, une
goutte de sang ne me fait pas peur; s'il
le faut, je répandrai le mien; mais les ruisseaux de sang indien me font horreur.

— Il a raison, Señores, il a raison
dit l'Amiral; une juste guerre enfante beaucoup de maux; mais elle ne devrait jamais

enfanter l'horrible licence qui règne dans ce camp ; je l'approuve de lire les Saintes Écritures et d'en fortifier son cœur.

Cuença et plusieurs soldats s'éloignèrent à quelques pas ; mais Las Casas et Mendez restèrent près de l'Amiral, et ils s'approchèrent de la pauvre Indienne, qui, ayant cessé d'écouter les étrangers, avait penché sa tête sur son sein, et semblait plongée dans ce lugubre repos qui chez presque tous les Américains se manifeste quand une pensée profonde les occupe. — Fille de Cacique, lui dit Colomb en s'approchant d'elle... Ce nom prononcé d'un air de compassion et de respect sembla ranimer Nouna-Koali, qui releva gravement la tête. — Fille de Cacique, je te revois avec joie dans ce pays, mais plût à Dieu que tu te fusses présentée à moi en d'autres circonstances ; je te croyais près de la Reine, heureuse et Chrétienne ; ce pays est bien malheureux, et malheu-

reux par la faute de ceux qui veulent
rester idolâtres ; n'obéissant qu'à leurs
faux Dieux, à des Caciques impies, pleins
d'audace, qui osent méconnaître l'auto-
rité des deux Rois.

— Pourquoi mon père parle-t-il ainsi?
dit Nouna en se levant avec dignité; ces
Caciques font bien de rester libres, s'ils
savent mourir. Ah! dans un temps, continua-t-elle, dans un temps bien éloigné
déjà de celui-ci, les Caciques pouvaient
vivre. Jocahima leur avait donné cette
île fertile, leur recommandant seulement
de l'honorer par les *Areytos*, leur rappe-
lant par le chant d'un petit oiseau que
l'homme doit obéir à Dieu. Ils vivaient
fort tranquilles dans la terre de *Quis-
queya* (1) ; et Dieu ne les punissait qu'en
envoyant quelquefois sur la terre un urracan, ou bien quelques guerriers du

(1) Nom antique d'Haïti.

pays de Caniba, qui dévorent les hommes... Ils seraient fort heureux, ces guerriers de Caniba, car on ne voit que des
morts dans Haïti, des morts fort maigres,
il est vrai, car ils meurent de faim ou de
douleur, ajouta-t-elle avec un sourire
amer. Tout à l'heure j'ai voulu prendre
dans un champ quelques grains de maïs,
et le tonnerre est parti; s'il m'avait atteinte,
mon père, personne ne m'aurait pleurée,
car les Indiens ne pleurent plus sur les
Indiens, les trouvant heureux de mourir;
voilà ce que j'ai à dire, *Maguacochin*; ce
n'est pas à moi à parler, car je ne suis
qu'une faible femme qui ai beaucoup
souffert dans les forêts. Je ne demande
qu'à y rentrer et à mourir sous un arbre
de mon pays sans qu'on me tourmente.

Ayant parlé ainsi, elle s'assit de nouveau, et retomba dans un morne silence.

— Fille de Cacique, lui dit Colomb, vous
avez beaucoup souffert, et la douleur vous

a irritée ; ce que vous avez vu est un grand
mal, mais ce n'est pas la faute des Chrétiens.

— Ce n'est pas leur faute ! dit - elle avec
un amer sourire, ce n'est pas leur faute !
c'est la faute de l'or qui est dans la terre,
et qui n'est beau que quand on l'arrose
du sang indien. Plût à Dieu que Guacarapita la grande Déesse l'eût caché dans la
terre, caché si bien que ces pépites bril-
lantes qui vous troublent apparemment
la vue, qui vous rendent furieux, n'eussent jamais paru dans nos sables. O
mon Dieu ! mon Dieu ! il n'y avait parmi
eux qu'un être bon, et il est mort...

Ici Nouna pleura abondamment ; les
souvenirs se pressèrent dans son cœur.
Puis elle dit quelques mots indiens qui
firent une impression profonde sur tous
ceux qui l'écoutaient. C'était une espèce
d'invocation aux Saints, à la Vierge Marie, aux Zémès, car dans cette pauvre

âme indienne toutes les idées religieuses s'étaient confondues.

— Vous ne parlez point en Chrétienne, Nouna, lui dit Colomb; il faut oublier vos Dieux païens, ma fille; vous avez été fort malheureuse, je le vois; mais après votre mort la Vierge vous recevra parmi les âmes repentantes dans son Paradis.

A ce mot de Paradis, elle sembla se ranimer de nouveau: — On m'a beaucoup parlé de ce lieu, mon père, on m'en a parlé toujours; mais dites-moi, est-ce que les Indiens y seront avec les *Maguacochios?*

— Ils y seront, ma fille.

Nouna-Koali demeura alors dans une morne rêverie, et sembla ne plus vouloir parler.

— Ne seriez-vous pas heureuse d'être parmi toutes ces âmes?

Nouna ne répondit pas.

— Le Paradis est un fort beau lieu; ne voulez-vous pas y aller, ma fille?

4. 7.

Nouna fit signe de la tête que non. Puis, voyant l'étonnement de ceux qui l'environnaient, elle se leva, et dit : — Il y a trop de sang entre vous et nous, mon père;... et ces étoiles qui brillent au ciel, vous tourmenteriez éternellement les âmes indiennes pour les avoir !... O mon Dieu ! quel supplice que d'être ensemble toujours, voyant ceux qui ont tué nos frères pour de l'or, rien que pour de l'or !

Elle prononça ces derniers mots avec un tel accent que Golomb se couvrit le visage de ses deux mains, et que le jeune Las Casas leva les yeux au ciel en s'écriant : — Mon Dieu ! mon Dieu ! ils ont fait rejeter vos bienfaits éternels par ces pauvres âmes; ce qui devait être leur espoir est devenu leur effroi ! Il y a bien des mains sanglantes qui se lèvent maintenant au pied de votre tribunal : ... pardonnez à ceux-ci leur cruauté, à ceux-là leur ignorance ! Dieu de mon père, il y a du moins une âme qui se consacre à leur salut, et que n'effraieront ni les flots ni les hommes!

Colomb regarda le jeune homme avec admiration... Ainsi venait de se consacrer à la plus noble des causes celui dont les vertus ont été si grandes qu'on les a mises en balance avec les crimes d'une époque, et qu'elles l'ont sans doute emporté aux yeux de Dieu comme aux yeux des hommes.

Après quelques momens de silence, Nouna-Koali se leva, et dit:—Voici de fort belles paroles.

Elle attacha alors ses regards sur le jeune Las Casas avec un mélange d'affection et de surprise; et elle dit:—Mon père, pourquoi tous les *Maguacochios* ne parlent-ils pas comme ce jeune homme? Il n'y aurait pas tant de sang dans nos campagnes.

Et, se sentant encouragée par le regard bienveillant de l'Amiral, elle commença

à expliquer à Colomb ses malheurs, lui
demandant s'il ne lui serait pas possible
de retourner vers sa sœur, en qui elle avait
mis tout son espoir. Elle peignit avec tant
d'énergie les scènes qui s'étaient offertes
à elle durant son voyage du bord de la
mer vers les contrées de l'intérieur ; elle
fit un tableau si déchirant du malheur des
Indiens, des souffrances du désert, que
Cuença lui-même ne put retenir ses larmes ; et cependant elle mêlait encore une
foule de mots indiens à ses récits qu'elle
faisait en castillan, s'arrêtant quelquefois
pour dire : — Comprenez-vous, *Maguacochios?* voilà ce que souffrent les Indiens,... et
ils souffrent tant que j'en ai oublié mes douleurs, ajouta-t-elle en finissant ; mes douleurs à moi sont aussi bien cruelles,... mais
ce n'est pas mon père qui peut les faire
cesser. Puis elle retomba dans un morne
silence ; une fois elle l'interrompit pour
dire à Colomb : — Les âmes des *Maguaco-*

chios reviennent-elles quelquefois sur la terre comme les âmes des Indiens ?

— Quelquefois, ma fille, lui répondit Colomb, quand il plaît à Dieu de les envoyer aux hommes pour les avertir. La pythonisse d'Endor fit apparaître à Saül l'ombre de Samuel. La pauvre Indienne ne comprit pas entièrement ce que venait de lui dire l'Amiral ; mais l'idée que l'ombre des étrangers pouvait apparaître sur la terre la jeta dans un trouble extrême, et sembla lui donner une espérance nouvelle, qu'elle ne manifesta cependant pas aux yeux de ceux qui l'environnaient ; comme chez tous les Indiens, son émotion était muette.

En ce moment l'heure de la marche était arrivée ; Colomb ordonna à deux matrones indiennes de prendre soin de Nouna-Koali. Il lui assura que rien ne serait négligé pour qu'une prompte justice lui fût faite, et qu'elle eût une liberté entière ; il l'enga-

gea à l'attendre dans cet endroit, et se mit
en route vers l'Est, point sur lequel il était
indispensable qu'il opérât un mouvement.

Comme il était parvenu à une halte, à
environ deux lieues du camp, on vit arriver en toute hâte un homme qu'à son
œil ardent, à sa marche déterminée, l'on
reconnaissait de loin ; il portait un simple
pourpoint d'armes, et une cotte-de-mailles
à jaserons fort serrés, tel qu'il en fallait à
Haïti pour se garantir des flèches des
Sauvages.

En arrivant devant l'Amiral, il essuya
son visage, qui était couvert de sueur, retira rapidement quelques épines qui lui
étaient entrées dans les bras et dans les
jambes en traversant la forêt, et il s'écria :
— Par saint Leu, mon glorieux patron !
Don Juan de Avalloneda n'est plus ce qu'il
était il y a six ans, et Jeanne aurait peine
à le reconnaître en un bal ou un joyeux
festin....Je n'en puis plus, Amiral ; mais les

nouvelles que j'apporte sont assez importantes... pour que je n'aie pas craint de
faire quelques lieues dans les bois et dans
les marais pour vous les donner.

—Qu'y a-t-il de nouveau, qu'y a-t-il,
brave Juan ? demanda avec empressement
l'Amiral. Behechio a-t-il hâté son mouvement ? Guaraonabo a-t-il recommencé les
hostilités dans la plaine?... Nous sommes
prêts à les recevoir !

—Il ne s'agit nullement de ces Diables
enluminés qu'un coup d'arquebuse met en
fuite; il s'agit d'une lettre de Leurs Altesses
que vous allez recevoir, Amiral; le Seigneur Bovadilla fait des siennes; et, si vous
voulez, nous ferons des nôtres. Ah! si seulement le bon Morisque était ici, et si ces
chiens de Caraïbes ne l'avaient pris, comme
on le dit, pour en faire quelque fête de
Diables! Dans quelques heures, Amiral,
un exprès va vous arriver, et il vous don-
nera de nouvelles lettres des deux Rois

qui vous engagent à obéir à Bovadilla. Et,
par Notre-Dame! dans ces bois vous êtes
aussi bien Roi que les Rois de Castille et
d'Aragon.

L'Amiral détourna un moment la
tête pour qu'on ne vît pas le mouvement
passager qui s'opérait en lui, et il dit
avec le plus grand calme :

—Je m'attendais, bon Juan, au message
et à vos paroles... Le Vice-Roi des Indes ne
vous demande plus qu'une chose, Señores
Cavalleros, continua-t-il en se tournant
vers les officiers ; je connais votre fidélité
et votre attachement, je ne vous donne
plus qu'un ordre... c'est de ne point mur-
murer des volontés de la Reine. Son unique tort en cette affaire, est de ne m'avoir
point connu... Et il ajouta : — J'ai un autre
juge que les hommes !... Señores, vous
êtes libres d'obéissance envers moi ; mes
braves compagnons d'armes, je vous remercie de votre attachement.

Et comme les officiers se pressaient autour de lui en le suppliant de changer de détermination, le messager arriva en toute hâte, et lui présenta ses lettres, qu'il lut avec beaucoup de calme, et il dit à la fin :

— Ces lettres n'apportent aucun changement dans ce que je vous ai dit, Señores : seulement j'allais prier quelques uns d'entre vous de venir avec moi à San-Domingo; je vous demanderai de rester pour le bien de la couronne ; car on me prévient que de nouveaux troubles se fomentent parmi les Indiens. Je prierai Don Juan de Avalloneda d'être mon guide... Il ajouta à voix basse : — Il n'en faut pas davantage pour aller à la mort... Juan lui pressait les mains et lui demandait ce qu'il disait ; il se contenta de répondre en souriant : —Je disais qu'un ami tel que vous et une conscience comme la mienne suffisaient pour le voyage.

4. 8

Ils passèrent la nuit dans cet endroit, et le lendemain les hommes commandés par l'Amiral retournèrent au camp. Ce fut seulement en ce moment que Juan de Avalloneda apprit que Nouna était dans l'île, car l'Amiral la recommandait vivement à ceux qui s'éloignaient. Dans toute autre circonstance, notre brave Français, car c'était lui qu'on désignait alors sous un nom castillan, se fût empressé d'aller voir l'Indienne. On l'entendait s'écrier de temps en temps : — Ah! si on pouvait quelque jour retrouver le bon Morisque comme l'Indienne s'est retrouvée, par saint Leu! je ferais faire à mon glorieux patron une châsse neuve du plus fin or.

CHAPITRE X.

La Forêt.

— Eh bien! Juan, lui dit-il quand ils furent seuls dans les vastes forêts qui séparaient alors la province de Bonao du bord de la mer, me voilà ainsi que j'étais quand je sortis de Grenade, parcequ'on n'avait point voulu m'accorder ce titre d'Amiral qui m'attire maintenant tant d'ennemis. Un monde seulement a été découvert,... et maintenant ils m'outragent, pensant que je ne puis plus leur être utile... Rois, Rois, le monde nous jugera!

Puis le grand homme, semblant oublier
les injustices dont il avait été victime, se
prenait à contempler une fleur de la savane, un oiseau, un insecte. — Ceci est
merveilleusement beau, Juan, disait-il,
regarde donc, nous enverrons cette plante
à Ferrer le Catalan ou à Pierre Martyr,
en les priant fort instamment d'y joindre
un beau commentaire de Pline ou d'Aris-
tote, qui ont décrit toutes les productions
de la terre. Mais Juan était occupé de
toute autre pensée, et la plupart du temps
il gardait le silence, ou bien il se conten-
tait de répondre : — Ces herbes et bien
d'autres, Seigneur Amiral, sont dans le Gé-
néraliffe, et il me semble que c'est s'arrêter,
dans les circonstances où nous nous trou-
vons, à des objets qui ne peuvent tout au
plus intéresser que quelque vieux méde-
cin juif : songez plutôt à Bovadilla et à son
infernale malice.

Colomb souriait, et n'en continuait pas

moins à s'arrêter toutes les fois qu'il trouvait quelque objet qui n'avait point encore frappé ses regards : — Je voudrais,
comme Salomon, s'écriait-il, connaître
toutes les plantes, depuis l'hysope jusqu'au cèdre.

— Eh bien! moi, Monseigneur, j'ai-
merais mieux avoir les soldats du Roi Da-
vid, et tomber sur le dos de cet Absalon ;
car vous êtes notre père à tous, continua-
t-il en pressant la main de Colomb qui le
regardait avec amitié. Il souriait de sa
bouillante ardeur, et continuait à contempler la voûte des forêts qui élevaient
leurs dômes immenses au-dessus d'eux, en
laissant tomber mille guirlandes de lianes
dont le vent dispersait le parfum. — O
Juan! s'écria-t-il, quel temple pour louer
l'Éternel! vois ces longues arcades de
verdure, et ces beaux festons de fleurs qu'a
répandus la main du Seigneur : oh !
qu'on répéterait bien ici le Psaume : « Al-

lons, mon âme, allons, dis ta joie! » Et il
se mit à entonner d'une voix déjà cassée,
mais qui avait quelque chose de solennel
dans son tremblement, un de ces chants
d'église qu'il avait coutume de répéter
souvent à voix basse. Juan, dont l'esprit
impétueux ne pouvait comprendre cette
inaltérable patience dans l'infortune, ne
put cependant s'empêcher de s'arrêter
pour contempler le noble vieillard louant
le Seigneur avec plus de joie encore
que dans la prospérité ; il le regarda long-
temps, car peu à peu ses regards avaient
pris quelque chose de solennel, et presque de prophétique... Il termina son chant
par ces mots d'Isaïe :

L'Éternel s'en va être exalté, car il habite dans
un lieu très élevé ; il remplira Sion de jugemens
et de justice...

Vous qui êtes loin, écoutez ce que j'ai fait ; vous
qui êtes près, connaissez ma force.

Et puis il ajouta : — Juan, quoi qu'il

arrive, je suis prêt à me présenter à Dieu ;
si j'ai failli, c'est sans le vouloir : c'est
pour cela, sans doute, qu'il m'envoie quelque tranquillité dans les revers... Je suis
calme, Juan... Pourquoi ces larmes ?... J'ai
accompli ma mission ; d'autres accompli-
ront mon vœu et planteront l'étendard de
Castille sur le tombeau du Seigneur. Crois-
tu que mes vieilles jambes puissent aller
jusqu'à Jérusalem, Juan, maintenant que
je suis pauvre et qu'ils m'ont tout retiré,... me laissant cependant un ami ? Et
il regarda son compagnon de voyage de
ce regard doux et bienveillant qui tempé-
rait quelquefois tout-à-coup l'austérité de
sa physionomie.

— Asseyons - nous, Amiral, asseyons-
nous : vous avez encore plus de courage
que de force...

— De la force, j'en ai par l'âme, je n'en ai
plus par le corps. Vois, Juan, vois, mon
fils, ce qu'il en coûte pour donner un

monde à des Rois!... Et il lui montrait ses
bras amaigris par la fatigue et par la souf-
france. — Oh! si je pouvais trouver cette
belle fontaine de Jouvence dont ils parlent tant dans cette île (1)! Dieu sait pour
quelles actions je demande la vigueur de
jeunesse... En disant ces mots, il s'assit au
pied d'un monbin, et son compagnon de
voyage l'imita.

— Tenez, Monseigneur, nous ferons
ici un repas de soldats; l'hôtellerie est
belle, si elle n'est pas merveilleusement
fournie.

Et en disant ces mots, Juan de Avallo-
nada tira de son bissac un agouti rôti;
quelques galettes blanches de cassave, et
des bananes, qu'on a si justement appe-
lées une manne qui ne rassasie jamais. —
Ceci, Amiral, continua Juan en étalant ses
provisions, ceci nous conduira jusqu'à

(1) Tradition fabuleuse des Antilles.

l'habitation de Pedro Balboa, où nous trouverons des Indiens et des chevaux.

Colomb mangea avec plus d'appétit qu'il n'avait coutume de le faire, souriant de tous les soins que son compagnon se donnait pour que rien ne manquât à ce festin champêtre ; puis il s'endormit au pied de l'arbre qui les couvrait de son ombrage.

Juan resta près de lui, veillant à ce que les nuées d'insectes qui s'élevaient de toutes parts dans la forêt ne l'incommodassent point : — Comme il dort ! pensa-t-il ; il me rappelle mon bon père : seulement cette tête grise a eu d'autres soucis ; c'est une cervelle d'enfant et de grand homme, souriant aux belles couleurs d'un papillon, et puis disant : « Demain il faudra se mettre en route pour trouver une île plus voisine du Cattay... » Je ne connais pas d'hommes que j'aie plus aimés que lui et le Morisque... Comme il soupire douloureusement... Pauvre vieillard! s'il voulait m'en croire, nous n'irions pas à Saint-Domingue... Cet infâme Boyadilla! s'introduire dans la maison de l'Amiral, disposer de ce qu'il possède!... Vous verrez qu'il n'aura pas même un toit pour reposer sa tête, sa pauvre tête fatiguée... Il me disait hier qu'on avait si bien tenu ses promesses, que sur les grandes routes de Castille ou dans les villes il n'avait pas quelquefois de quoi payer son écot dans une taverne... Ah! voici le rossignol d'Amérique qui chante; il aime beaucoup ce chant du rossignol, je suis sûr qu'il aimerait à s'éveiller pour l'entendre; mais il vaut mieux qu'il dorme; il dort si rarement!... Quelquefois il est plusieurs nuits sans que le sommeil vienne le rafraîchir... Je le couvrirai de mon manteau,... la brise s'élève...

En effet, les grands arbres étaient en ce moment inclinés par le vent, et mê-

laient en murmurant leur épais feuillage.
Cependant Juan n'eut pas plus tôt couvert
l'Amiral de son manteau, que celui-ci rai-
dit ses bras avec effort, en s'écriant de cette
voix confuse qui se fait entendre quelquefois dans le sommeil : — J'y consens , Seigneurs Alcades, j'y consens ; mais ce ne
peut être par l'ordre de la Reine... Puis il
s'éveilla tout - à - coup, ouvrit des yeux
étonnés, et s'écria : — Ah ! c'est toi, bon
Juan !... Oh ! que je suis aise d'être encore
libre sous cette belle voûte de feuillage !...
J'ai fait un rêve... Oh ! ce qu'ils m'ont écrit
ne peut être vrai : Bovadilla n'aurait pas
cette infamie !... Mon rêve a eu deux par-
ties, comme la vie des hommes, le mal et
le bien. J'ai cru d'abord que j'étais en mer,
voguant vers la terre ferme comme je l'ai
fait à ce troisième voyage ; j'ai vu encore
cette grande montagne d'eau, qui défend
le Paradis terrestre et qui s'accroît, en
murmurant, de mille flots, pour former

une vague immense qui se rue avec impé-
tuosité sur les navires en détresse... Puis
je débarquai sur cette terre, où les fleuves
sont si majestueux, où l'air est si paisible,
le chant des oiseaux si doux ; terre heureuse de Paria, où vécurent sans doute
nos premiers pères, plus voisine que toutes
les autres du ciel, et que je n'aurais jamais dû quitter!... J'admirais ces délices
éternelles, mon âme était inondée d'une
joie céleste... Tout-à-coup la terre s'est en-
tr'ouverte sans bruit : je me suis trouvé à
San-Domingo. Après le Paradis, l'Enfer...
Quelque jour, Juan, je te dirai si mon
rêve était vrai... Ces bras sont bien vieux
pour porter des chaînes!...

— Ce n'est qu'un rêve, Amiral, ce n'est
qu'un rêve. Non, par Notre-Dame de Paris! vous n'irez pas à San-Domingo!

— J'irai, Juan, j'irai puisque c'est l'ordre des Rois... Tu ne sais pas, mon fils,
tout ce qu'a fait la calomnie contre moi;

toutes mes actions sont empoisonnées :...
« Si je bâtissais ici une église, je suis sûr
» qu'on dirait en Espagne que c'est une ca-
» verne de voleurs !... »

Comme il achevait ces mots, ils entrè-
rent dans une vallée où l'on voyait un lac,
au bord duquel était située l'habitation
de Pedro Balboa : c'était une chaumière
bâtie à la manière indienne et abritée par
de grands cocotiers, qui se balançaient
avec grâce au-dessus de son toit de verdure ; les eaux du lac venaient mourir
paisiblement à leurs pieds, et baignaient,
un peu plus loin, les champs fertiles que
commençait à cultiver le brave Castillan.
Ces campagnes étaient si tranquilles, que
le lac était couvert de flamans rouges et
de belles poules sultanes aux ailes d'azur,
se jouant au milieu des larges feuilles
de nénufar qui couvraient la surface
unie du lac. A l'aspect des voyageurs la
troupe ailée alla chercher un asile sous

les jamroses qui étendaient leurs branches
élégantes au-dessus des eaux, laissant voir
au milieu du feuillage paré de mille ai-
grettes blanches, une aile de pourpre ou
d'azur, un long cou se penchant dans
les eaux ou caressant les fleurs. A cent
pas de là un grand champ de maïs étendait ses épis dorés, plus loin de grands
roseaux verts inclinaient leurs feuilles au-
dessus des fruits de l'ananas. Les premières
cannes à sucre avaient été apportées de
l'île de Madère, et croissaient avec vigueur
sous un ciel encore plus beau que celui
qui les avait vues naître; à quelque distance
encore, le manioc étalait sa tige d'un vert
noirâtre, l'igname, sa grosse racine sortant de terre, puis d'élégans bananiers
aux larges feuilles de satin vert découpées
par le vent, laissaient voir cette grande
fleur violette qui précède ses longs fruits
d'or. Le propriétaire de cette simple habitation n'avait planté aucunes fleurs; mais

elles croissaient de toutes parts, mêlant
leur tige aux racines et aux fruits ; là on
voyait cette grande fleur de la passion qui
tourne toujours vers le soleil sa corolle
mobile, le grand lis rouge, qui cache un
poison sous sa parure, et le myrte amé-
ricain, aussi parfumé que le myrte d'An-
dalousie, et la clitie blanche, qui devient
rose vers le soir, et le volubilis qui pare
de ses clochettes bleues et violettes les ar-
bustes sans parure. De l'autre côté du lac
la savane s'étendait jusqu'aux forêts ; l'on
y voyait paître quelques chevaux presque
sauvages, quelques vaches conduites par
leurs taureaux, qui remplissaient la solitude de leurs mugissemens, et devant les-
quels les Indiens n'osaient passer, surtout
quand ces animaux étrangers élevaient
leurs larges cornes, en cherchant dans l'air
embrasé le souffle du vent qui s'est ra-
fraîchi sur les montagnes.

— Voilà, dit Colomb à son compagnon

de voyage, voilà l'habitation d'un des six
honnêtes gens qu'on pourrait compter
dans cette île ; nous sommes sûrs d'être
reçus ici avec franchise et bonne volonté.
Pedro sera étrangement surpris de nous
voir dans ce mince équipage. En disant
cela ils côtoyaient le petit lac, et faisaient
fuir des poules d'eau qui se jouaient sur
le rivage ; puis ils passèrent sous deux
grands cocotiers chargés de fruits, et se
trouvèrent devant l'habitation du paisible
cultivateur. Une espèce de galerie couverte
en paille de maïs formait un simple pé-
ristyle qui précédait l'entrée de l'habitation, où l'on était bien à l'abri de la chaleur, mais où le vent passait par mille
ouvertures, sans que le propriétaire songeât à y remédier, trop de soins l'occupaient
dans ses défrichés. Jean l'aperçut au milieu
d'arbres renversés, si riches encore d'une
parure étrangère, que mille plantes grim-
pantes, variées dans leurs fleurs et dans

leur feuillage, croissaient des racines aux branches desséchées, comme si la nature, dans ces heureux climats, ne pouvait voir des débris sans les parer.

— Entrez, Seigneur, entrez dans ce palais de feuillage; je vais avertir Balboa de l'honneur que vous lui faites, et tordre par la même occasion le cou à deux poules, pour que l'Amiral de la mer Océane ne meure pas de faim dans le beau pays qu'il a découvert. En disant ces mots, il courut lestement vers l'endroit où le cultivateur castillan était occupé à regarder d'où venait le vent, pour savoir dans quelle direction il convenait d'allumer le feu dont il allait consumer ces bois magnifiques, mais inutiles ; et cela arrive souvent ainsi dans le Nouveau Monde : un agriculteur allume un bûcher de plusieurs arpens, qui n'est destiné bien souvent qu'à faire produire à la terre quelques plantes potagères,

4. 8.

où s'élevaient de majestueuses forêts.

L'Amiral entra dans la cabane, en pensant que l'unique propriétaire en étant absent, elle devait être solitaire; mais il y trouva étendu sur une espèce de lit fait avec des bâtons rapprochés les uns des autres, et recouvert d'un matelas de coton, un homme qui semblait plongé dans une rêverie profonde; il le regarda quelque temps en silence:... le jour était trop avancé pour qu'il pût le reconnaître; il se contenta de le saluer légèrement. L'étranger se leva aussitôt, et s'inclina avec respect; son teint était hâlé, néanmoins il était aisé de voir au jour qu'il n'appartenait pas à la nation indienne, quoique son accoutrement bizarre annonçât un assez grand dénuement des vêtemens d'Europe; une pièce d'étoffe blanche tissue par les Indiens lui serrait les reins, et descendait un peu bas; ainsi que les Conquistadores, il avait des espèces de bottines, faites avec la

peau d'un agouti, dont le poil paraissait ex-
térieurement; un cercle d'or entourait ses
cheveux noirs et bouclés; il avait déposé
à côté de lui une grande pièce d'étoffe
tissue à la manière des Indiens, qui
lui servait de manteau; un fort beau sabre, attaché par une bande de cuir, pen-
dait à son côté, et il portait suspendu
au-dessus de la poitrine un de ces cer-
cles d'or de bas aloi appelé guanin, qui
ressemblait assez à un hausse-col, et qu'on
a trouvé en usage chez un grand nombre
de sauvages de cet archipel. A côté de l'é-
tranger on voyait cependant un grand
chapeau de feutre, tel qu'en portaient
souvent les *Encommenderos*, qui avaient
adopté à cette époque un costume tenant
le milieu entre celui des Indiens et des
Espagnols, surtout lorsqu'ils étaient dans
l'intérieur des terres. L'étranger consi-
déra quelque temps Colomb avec un vif
intérêt, mais toujours silencieusement.

Après quelques minutes de cet interro-
gatoire muet, quand il eut examiné à
loisir Colomb, qui s'était assis à l'écart,
et dont les faibles yeux faisaient de vains
efforts pour le reconnaître, il dit, en
faisant tout ce qu'il pouvait pour changer le son de sa voix : — Si l'Amiral de
Castille veut suivre mon avis, il ne se
rendra ni demain, ni aujourd'hui, ni dans
plusieurs jours à San-Domingo. Je me
trouve heureux de le voir, puisque je
suis parti depuis trois jours de la ville
pour le rencontrer... Après un instant
d'hésitation, et comme s'il eût cherché à
deviner quel était celui qui lui parlait :
— Seigneur Andalous, car je vous re-
connais à votre accent, et votre voix ne
m'est pas inconnue, qui peut me valoir
cette marque d'intérêt de la part d'un
étranger, et qu'ai-je à craindre, n'ayant
rien à me reprocher ? Dites-moi qui vous
êtes, pour qu'au moins je puisse remer-

cier un homme qui s'intéresse assez à
moi pour franchir ce désert sauvage afin
de m'apporter un conseil?

—Puisque vous ne me reconnaissez pas,
Amiral, prenez le conseil, oubliez celui qui
le donne, il est inutile que je sois connu.
Mais, brave Amiral, je vous le répète,
Bovadilla est un homme infâme qui veut
vous perdre.

— Cependant, Seigneur étranger, je
dois vous dire que rien au monde ne
peut changer ma détermination. J'irai à
coup sûr à San - Domingo, et rien, rien
au monde ne peut changer ma détermination.

— J'en suis fâché, Amiral, votre perte
alors est assurée;... et il est douloureux
de voir un homme tel que vous se remettre entre les mains d'un misérable
sans honneur et sans foi. Réfléchissez
bien, Don Christoval.

— C'est parceque j'ai beaucoup réfléchi,

Seigneur étranger, que je vais à San-
Domingo. Je vous remercie, mais j'ai
pour coutume de ne rien changer à une
détermination, une fois qu'elle est bien
prise.

—Alors, Don Christoval, je n'ai plus que
des vœux à faire, n'ayant plus de conseils
à donner. Et en disant ces mots, l'étranger
quitta la cabane, après avoir salué Colomb, que ces discours avaient plongé
dans un profond étonnement.

Pedro Balboa et Juan ne tardèrent pas
à rentrer, et ils le trouvèrent cherchant
encore des yeux le singulier personnage
qui venait de lui parler; mais il avait disparu dans la grande forêt qu'on voyait de
la porte, et qui se prolongeait à l'est jusqu'aux montagnes.

—Vous aviez ici un hôte bien étrange,
Balboa; quoique je sois loin de m'en
plaindre, il me semble l'avoir connu, et
cependant ma mémoire ne me fournit sur

lui que des souvenirs confus; vous savez
sans doute qui il est.

— Nullement, Monseigneur, mais beaucoup s'en plaignent, et moi je m'en loue;
je sais seulement qu'il a parcouru les îles
du voisinage, et qu'il a vécu long-temps
parmi les Caciques de Cuba. Il est depuis
fort peu de temps dans ces cantons, et il
connaît tous les défilés des montagnes
comme les moindres détours des forêts;
nul n'est plus habile archer, il défierait un
Caraïbe à la chasse, et il lance aussi bien
une sagette à trois pointes dans les eaux,
qu'il fait voler la grande flèche de guerre
dans l'air; il se dit du royaume d'Anda-
lousie et parle fort bien castillan, quoiqu'il tienne autant de l'indien que de
l'espagnol. Si nous étions ici depuis plus
long-temps, je croirais que c'est le fils de
quelque Capitaine, et d'une fille de Cacique. Il a la fierté d'un Roi.

— Voilà qui est fort étrange, par Notre-

Dame ! dit Juan ; au portrait que vous en
faites, je le reconnaîtrais pour le bon Morisque que j'ai tant regretté, mais il a été
pris il y a trois ans par les Caraïbes,
comme tous me l'ont assuré ; et les Caraïbes
sont maintenant trop irrités contre les *Ba-
nalés*, comme ils nous appellent, pour faire
grâce à aucun d'entre eux.

— Et en effet, Juan ! en effet, cet étranger avait quelque chose dans le son de la
voix qui me rappelle notre ancien ami ;
mais il me semble que c'est là toute leur
ressemblance. Celui-ci a dans son aspect
quelque chose de presque sauvage ; et vous
savez qu'Ismael était un Maure courtois,
plein de grâce dans sa bravoure, magnifique dans ses vêtemens ; celui-ci, je le répète, a quelque chose d'austère et de triste.
J'ai cependant reconnu à son langage un
homme qui n'a pas vécu seulement parmi
les Indiens.

— La première fois que je le vis, dit Bal-

boa, il y a environ six semaines, il se présenta devant moi à l'extrémité du grand
bois en me prévenant que l'urracan allait
souffler, et qu'il serait prudent de rappeler mes troupeaux; et en effet je vis, peu
de momens après, les indices d'une effroyable tempête; je l'engageai à entrer
dans ma cabane, comme on doit le faire
pour tout étranger dans ces déserts; mais
il me refusa, et je l'aperçus dans le lointain
au pied d'un arbre; il semblait dédaigner
l'orage, comme ces grands oiseaux de
marais qui marchent gravement sur le
rivage au milieu de la tempête. Quelques
jours après, je le vis dans mes défrichés,
regardant un beau grenadier d'Andalou-
sie dont on m'a fait présent, et que je tâche
de naturaliser dans ce pays; il chantait
d'une voix fort triste la belle romance
d'Abenamar; cette fois il n'a pas voulu me
parler, et est rentré dans le bois; une se-
maine après il est venu dans cette cabane,

4.   9

il s'est assis dans le hamac, s'est longue-
ment informé de ce qui s'est passé dan s
l'île, et surtout de ce qui vous regarde,
Amiral; et il a fini par me dire :— Vous êtes
fort pauvre, Balboa, parceque vous n'avez
que deux Indiens qui travaillent à peine ;
ces terres marécageuses ne sont pas bonnes, l'endroit où vous avez commencé les
défrichés est préférable ; si vous voulez, je
ferai abattre par mes Indiens les grands
arbres qui vous gênent, mais il est inutile
que vous soyez parmi nous pour cette opé-
ration. Deux jours après, quand je m'éveil-
lai, je vis de loin les grands yarumas tom-
bant comme des épis de blé, et de forts et
vigoureux Indiens courant avec légèreté
parmi ces grands arbres pour ne pas être
atteints dans leur chute ; et ils se dispo-
sèrent ensuite à mettre le feu aux arbres
que j'avais déjà abattus ; de loin on les
eût pris pour les grands Diables d'enfer jouant au milieu des flammes, puis

une fumée épaisse me les cacha, je n'entendis plus que le bruit sourd et lointain
de l'incendie ; et quand il eut cessé, tous
les Indiens étaient retournés dans la forêt:
j'avais un emplacement magnifique pour
mes plantations de maïs.

Quelque temps après, il a paru encore
dans ma cabane, mais cette fois sa figure
semblait altérée, son regard était terrible.
Après quelques momens de silence, il m'a
dit : — Ce qui se passe ici est effroyable, et
jamais le monde ne le croira ; je viens de
voir aux environs de la ville douze Indiens
étendus sur des grils de bois au-dessus
d'une fumée épaisse sortant d'un feu sans
ardeur qui les consumait lentement ; et
comme j'ai demandé de quel droit on in-
fligeait cet horrible supplice, on m'a répondu qu'un d'entre eux avait tué un
Espagnol, et que c'était le compte de la
loi, cinq pour un ; plus loin, deux hommes jouaient à qui tailladerait plus adroi-

tement à coups de sabre deux Indiens. J'ai un sabre aussi, moi, Balboa! et je suis maintenant hors la loi; mais qu'ils me trouvent dans les montagnes et dans les forêts! qu'ils m'atteignent seulement dans leurs villes !

Depuis ce temps je le vois souvent; il vient s'informer de ce qui se passe dans le camp, mais je présume qu'il va à San-Domingo, car il semble instruit de tout ce qui s'y fait.

—Dans tous les cas, il m'a donné un conseil que je ne puis suivre, c'est de ne pas me rendre à San-Domingo. J'irais quand la mort devrait m'y attendre, puisque telle est la volonté des deux Rois. Balboa, vous nous prêterez des chevaux et un Indien ; il ne faut pas, j'y ai réfléchi, ajouta-t-il en souriant, que l'Amiral de la mer Océane entre sans pompe dans une ville qu'il a fondée.

—Je vous porterais plutôt sur mon dos,

comme les Encommenderos se font porter
par les Indiens, plutôt que de vous laisser
aller à pied. Mais pensez-y bien, Amiral,
songez aux paroles de l'étranger ; c'est un
homme de tête à qui l'on peut se fier.

— Je me fie à ma conscience, Balboa.
Et, en disant ces mots, Colomb demanda
à son hôte s'il n'avait pas dans sa chaumière ce qui lui était nécessaire pour
écrire.

—Le bon Dieu, répondit le planteur, ne
nous laisse manquer de rien. Voici une belle
plume rouge d'ara, comme il convient
d'en présenter une à un Seigneur ; un peu
de jus bleu de genipa vous servira d'encre ;
voilà encore une belle feuille de papier de
Flandre qui pourra peut-être servir à votre
Seigneurie, quoique j'y aie déjà marqué le
jour de mon arrivée dans cette île, et une
bonne oraison à l'Apôtre des Indes, que je
sais maintenant par cœur.

Colomb écrivit une longue lettre à son

frère l'Adelantado, pria instamment Balboa de la lui faire parvenir par quelque Indien; puis, le surlendemain, montant sur le cheval qui lui avait été préparé, il se dirigea avec son fidèle compagnon de voyage vers la ville de San-Domingo.

Et la lettre, le lecteur saura qu'elle contenait le conseil d'imiter sa conduite.

CHAPITRE XI.

La Forge.

Nous allons laisser maintenant l'Amiral dans le beau pays qui sépare l'habitation de Balboa des bords de la mer, fort tranquille sur ce qui peut lui arriver, mais plein d'enthousiasme pour ce qui l'environne, et descendant à chaque instant de sa monture pour admirer une grenadille aux fleurs d'azur et de pourpre, un guazuma à fruits rouges comme nos framboises, ou le câprier d'Amérique, qui couvre de ses belles fleurs blanches les troncs d'arbres ou les rochers. Puis remontant de nouveau à cheval, et s'arrêtant tout-à-coup, au grand déplaisir de son compagnon de voyage, pour écouter le cri de l'oiseau moqueur, ou le chant mélodieux de l'organiste, à qui sa belle voix a mérité ce nom : ce n'était pas ainsi qu'il voyageait quand une pensée de gloire le tourmentait, qu'il était subjugué par elle, qu'elle lui donnait une fièvre ardente et une incroyable activité. Laissons-le jouir un instant de la vie, telle qu'il la rêvait quelquefois avec son âme de poète. Nous nous transporterons plus facilement que lui à San-Domingo.

Nous entrerons dans le palais des Gouverneurs, dans cette habitation qu'a fondée Colomb lui-même. Un étranger s'y est établi; il n'a pas craint de s'emparer de l'or et des meubles qui appartenaient à l'Amiral; rien n'a été respecté par lui, les papiers de famille, les manuscrits précieux, tout a été lu ou brûlé; les pensées

intimes du grand homme ont été scrutées
par un ennemi sans foi et sans pudeur.

Dans les cours inférieures, sous un vaste
hangar où l'on avait coutume de fondre
l'or qui était apporté en tribut, trois hommes ne fondent pas l'or, mais ils font rougir le fer à un vaste foyer; ils sont armés
de marteaux, et l'on voit qu'ils se prépa-
rent gaiement au travail; ils frappent quelquefois sur l'enclume en sifflant un bo-
lero. Un quatrième s'occupe déjà avec
activité, et l'on entend la lime, dont le
son âpre et prolongé se mêle sourdement
au concert des ouvriers.

— Espinosa, Espinosa, ne lime pas si
long-temps cette chaîne: on voit bien que
tu as été le cuisinier de l'Amiral, et que
tu le soignes.

— Ne vois-tu pas, Torribio, que de
cuisinier il est devenu maître de la garde-
robe, et qu'il polit ses bijoux... Là, là,
assez! tu ennuies ces gentilshommes avec

ta lime qui crie pendant qu'ils chantent.

— A vous dire le vrai, Torribio, je n'ai pas autrement à me plaindre de l'Amiral, et je ne serais pas fâché qu'il reconnût à ce beau carcan poli la main d'un zélé serviteur; je ne soignerai certainement pas ainsi la chaîne de l'Adelantado; celui-là est trop rude aux Castillans.

— A moi celle de Don Diego; je la ferai forte et serrée, quoiqu'il soit doux et pacifique... Et le fer étant suffisamment chaud, les coups de marteau retentissaient sur l'enclume au milieu des éclats de rire bruyans de la compagnie.

— Bustos, Bustos, n'est-ce point une honte, disait pendant ce temps un de ceux qui ne travaillaient pas à un autre ouvrier qui se préparait à tirer une verge de fer de la forge; n'est-ce pas une honte que nous soyons ainsi obligés de travailler quand il y a ici des milliers d'Indiens qui s'amusent?

— Oui, Gonçalez, oui, qui s'amusent à mourir de faim; mais ceci n'est pas une besogne ordinaire; comme dit Rodrigues le Poète, elle peut conduire son homme à la postérité.

— Tout chemin conduit à Rome, dit Antonio en s'interrompant, tout chemin conduit à Rome; mais je ne voudrais pas pour douze pesos d'or qu'on nous vît faire une pareille besogne.

— Vous êtes bien scrupuleux, Antonio; chacun doit travailler pour qui le paie, dit Espinosa, et je crois avoir autant d'honneur qu'un autre, ajouta-t-il en se redressant; mais pour beaucoup moins, Antonio, pour beaucoup moins, à coup sûr, je les attacherai, et cela encore en disant à l'Amiral : — Me pardonne votre Seigneurie.

— Espinosa, tu as, par saint Jacques! plus de courage que je ne t'en aurais supposé; passe encore pour les forger, mais les attacher! y penses-tu bien?...

— En vérité, Cavalleros, par mon saint patron! je lui attacherai ce collier comme je lui aurais attaché une serviette sur son pourpoint brodé.

— Allons, allons, c'est perdre trop de temps en paroles, dit une voix qu'on entendit au milieu des coups qui retentissaient sur l'enclume ; ce collier l'ornera peut-être un jour tout aussi bien que le collier de l'ordre de Calatrava ; c'est trop parler, la nuit est venue, et le Seigneur Bovadilla est pressé. Et les chants recommencèrent au bruit de la lime et du marteau.

Pendant que cette conversation avait lieu dans les cours reculées de ce qu'on était convenu d'appeler un palais, il s'en passait une autre bien différente dans une chambre dont le balcon donnait sur un parc baigné par le fleuve Ozama. Une jeune Dame, assise sur des carreaux de velours,

parlait à une femme qui la regardait quelquefois avec inquiétude, et qui était
vivement occupée de ce qui se passait au-
dehors de l'appartement.

— Vient-il? disait Dorothée, car mes
lecteurs ont probablement deviné que
c'était elle, il m'avait si bien promis d'être
promptement de retour! il tarde bien à
venir. Grand Dieu! mes yeux se sont fatigués à regarder les barques qui sillonnent
le fleuve, et qui se perdent à l'horizon.
Puis, comme si elle eût été effrayée de l'inquiétude qu'elle éprouvait, elle ajouta:

— Je ne le verrais certainement pas, si je
n'avais pas un motif si puissant pour le
voir. Qui le reconnaîtrait maintenant,
Beatrix? quelle différence entre lui et ce
jeune Maure que je vis pour la première
fois à Gênes!

— C'est toujours la même bravoure,
Madame...

— Et le même cœur, Beatrix; et cependant je ne le verrais pas, je le répète encore, sans la pensée qui m'agite continuellement, et qui ne me laisse plus un moment de repos.

—O Madame! quelle joie il a montrée cependant en vous revoyant! et bien qu'il ne doive pas être reconnu ici, je crois qu'il n'aurait pas hésité à courir les risques de mourir pour avoir le bonheur de vous entrevoir ; c'est ce qu'il me dit quand je le rencontrai dans les rues de San-Domingo, couvert d'un grand manteau indien et la figure presque entièrement cachée par un chapeau de feutre si usé, qu'un matelot en eût voulu à peine couvrir sa tête; et avec cela quand il m'eut parlé quelque temps, quand il eut ôté ce large *sombrero*, et que ces beaux cheveux noirs tombèrent en boucles sur ses épaules, je reconnus en lui le gentilhomme de Grenade, à qui il ne manque que de devenir Chrétien pour être un parfait Chevalier.

— Je l'avouerai, Aya, ma joie a été grande en le revoyant : j'avais tant souffert de l'idée de cet horrible supplice que n'avait pu empêcher la Reine!... Je l'avais toujours présent devant les yeux, environné de ces flammes effroyables qui le consumaient... O mon Dieu! mon Dieu! si c'est un crime que de plaindre les infidèles qu'on livre au supplice, je suis bien coupable, là s'arrêtent mes fautes comme chrétienne. Cependant nous ne devons plus nous voir qu'une fois sur la terre, et nous serons à jamais séparés dans l'éternité. O sainte Vierge! que n'en faites-vous un Chrétien, lui qui est si digne de l'être! Ce qui le rend encore maintenant un objet de haine, n'est-ce point son noble courage, son généreux courage pour les Indiens, ces tristes créatures qu'on immole sans pitié?... Et après quelques momens d'une silencieuse rêverie :

—Où est maintenant notre pauvre Nouna?

dans de belles forêts fleuries, sans doute,
près d'Anacoana, sa sœur... Pauvre Indienne ! Quel silence durant tout le
voyage ! quelle joie à l'aspect des côtes !
Peut-être a-t-elle bien souffert... Quand
la nuit est ainsi bien noire, je pense à
elle et à ses voyages dans les grandes
forêts.

—Madame, Madame, j'entends le bruit
d'un canot. Il l'attache au pied d'un cocotier.
Le Seigneur Ismael sera bientôt près de vous.

Et en effet, un homme enveloppé d'un
grand manteau s'approcha quelques momens après de la fenêtre basse qui était
ouverte, et où Dorothée l'attendait.

—Eh bien ! Sidi Kaïzar, évitons-nous
le malheur que nous redoutions ? l'Amiral
consent-il à rester dans les montagnes,
sans venir à San-Domingo ?

—Nul homme n'est plus ferme dans
sa volonté, Madame; il vient, et demain
peut-être il sera ici.

A ces mots Dorothée laissa paraître le plus grand trouble, et elle ne put s'empêcher de s'écrier : — O mon Dieu! sa grandeur d'âme est notre déshonneur! Sidi Kaïzar, que m'apprenez-vous? N'y a-t-il plus aucun moyen de l'éloigner? Si vous saviez, Kaïzar, tout ce que j'ai fait auprès de mon oncle pour l'empêcher de commettre cette indignité!

— Je connais votre cœur, Madame, mieux peut-être que vous ne le connaissez. Comme dit le poète : Je suis sur une route où blanchissent les noires chevelures. Je ne devrais peut-être plus admirer la fleur, mais je m'enivre encore de son parfum... Bien que l'Amiral, sans me connaître, ait été sévère envers moi, pour lui et surtout pour vous, dont j'admire toutes les actions, j'aurais voulu que Christoval restât au camp, mais sa résolution est prise, et cela irrévocablement.

—Sidi Kaïzar, vous le voyez, mon on-

4. 9.

cle se déshonore. Grand Dieu! grand Dieu!
n'y a-t-il plus moyen d'empêcher la honte
de ma famille? Eh quoi! l'on fait déjà ar-
mer dans la ville contre un homme qui
vient seul se livrer à ses ennemis.

— Peut-être, Madame, cette confiance
désarmera-t-elle votre oncle. Les hôtes
du désert dédaignent bien quelquefois une
proie facile.

— Non, non, Kaïzar, vous jugez des
autres par vous-même. Il sera chargé de
chaînes, et là s'arrête ma pensée, car j'ai
supplié vainement. O Reine Isabelle! qu'a-
vez-vous fait? Vierge Marie, qui peut donc
sauver l'Amiral? Sa gloire dans les siècles
sera notre honte...

— Écoutez-moi, Madame, l'Adelantado erre maintenant dans l'intérieur, sub-
juguant, avec une poignée de Chrétiens, la
province de Xaragua; je ne l'ai jamais vu,
mais on dit que c'est un lion dans le combat, un chameau quand il faut supporter

la fatigue, un agneau obéissant devant
son frère. Il faut lui écrire d'arriver en
toute hâte, lui faire parvenir la lettre par
un Indien. Voilà le seul moyen de sauver
l'honneur de votre oncle ; car, pour l'Amiral, Madame, le malheur sera pour lui ce
qu'est le feu pour l'aloès ; il en développe
le parfum, il en fait connaître tout le prix.

— Cette idée est bonne, Sidi Kaïzar ;
mais où trouver un Indien qui se charge
d'un tel message ? Il ne faut pas une âme
d'esclave pour l'exécuter... Les malheureux ! ils nous rendent par une haine im-
puissante le mépris que nous avons pour
eux.

— Pensez-vous qu'en une telle occasion
je ne vaille pas un Indien ?

— Vous, Sidi Kaïzar ? il y a long-temps
que je sais que rien de ce qui appartient
à une âme noble ne vous est impossible ;
mais songez-y... L'Amiral n'a ici d'autre
ami que vous ; Don Diego est emprisonné ;

le fort s'est rendu; une populace effré-
née se réjouit des malheurs de Don Christoval. On lui a distribué une partie de l'or
réservé à la couronne. Vous le voyez, Sidi
Kaïzar, il n'y a que vous qui puissiez empêcher un affreux malheur, dont je ne
suis pas assurée, mais que je redoute.

—Je vous comprends, Madame, je ne
quitterai point les environs de San-Domingo; mais j'y réfléchirai... Donnez-moi
seulement ce qu'il faut pour écrire à l'A-
delantado; il faut être prompt; il s'agit
encore plus ici de l'honneur que de la vie.

Dorothée se retira un moment et revint
avec ce que demandait Ismael; il écrivit rapidement à Barthélemy ce qui s'était passé,
lui traça une fidèle peinture du caractère
de Bovadilla, et lui peignit surtout le
danger que courait son frère, en lui disant
que sa seule présence pouvait éviter les
plus grands maux, la modération de l'Amiral étant un sûr garant qu'il n'y aurait

point de trouble dans la ville. Cette lettre
étant terminée, le Maure et Dorothée s'en-
tretinrent de mille choses dont ils n'avaient
pu se parler dans une première entrevue.

—Ma destinée est bien étrange, Madame!
Qui m'eût dit dans cette île de Cuba, où je
me suis réfugié pendant si long-temps, que
je vous reverrais! Combien de fois ne vous
ai-je point appelée dans la solitude, me
plaisant à faire redire votre nom aux échos,
comme les Indiens, qui croient que leur
divinité leur répond quand son nom
est répété par la voix des montagnes. Oui,
je dois le dire avec le poète Aboutt'hayb:
—Gloire soit rendue au Créateur de mon
âme ! Comment se fait-il que les fatigues
et les dangers se soient changés en délices?

Ismael resta quelque temps encore au
bas du balcon, puisant une force nouvelle dans les discours de Dorothée, s'em-
brasant d'un plus ardent amour, oubliant
enfin celle qui n'avait pu l'oublier. Il au-

rait voulu rester plus long-temps encore, mais la prudente gouvernante donna le signal du départ, et, tout en assurant que c'était pour la dernière fois, Dorothée lui dit qu'elle serait encore à son balcon le surlendemain, et qu'ils pourraient s'y voir.

Il se retira alors, alla gaguer son canot, puis remonta l'Ozama jusqu'à un endroit assez écarté, où il attacha son embarcation avant de se rendre à une espèce d'auberge qui avait été fondée nouvellement. C'était là que se logeaient ceux qui, arrivant récemment de l'intérieur et de l'Europe, n'avaient pas eu le temps de se faire bâtir une maison, comme la plupart des habitans. Ismael s'y était annoncé comme étant un *Encommendero* de la Vega, et nul ne faisait attention à lui.

Je dirai maintenant ce qui lui était arrivé depuis l'époque où nous l'avons vu en Espagne.

CHAPITRE XII.

Ismael chez les Caraïbes.

Après avoir rempli religieusement ses engagemens envers les délégués de Fonseca, en leur remettant à diverses reprises et pour des sommes considérables des ornemens d'or renfermés dans les cavernes d'Haïti, et surtout dans celle de Janaboina, Ismael reprit sa liberté. Son premier soin fut de se rendre, par le bord de la mer, à Isabelle, qui n'était déjà plus qu'un établissement à demi ruiné; son plus vif désir était de savoir quel était le sort de Nouna-Koali; mais tant d'Indiens avaient passé en Europe, qu'il ne put d'abord se procurer que des renseignemens très incertains sur la sœur d'Anacoana. A la fin un colon, qui avait fait le premier voyage, lui affirma qu'elle était partie pour l'Europe avec Caonabo, et néanmoins qu'on n'avait jamais eu de nouvelles assurées de cette expédition ; il finit par l'engager à se rendre dans l'établissement espagnol fondé sur les rives de l'Ozama, où il trouverait des détails plus certains. Ismael alla donc à San - Domingo, qui n'était, à cette époque, qu'une mauvaise bourgade ; les chefs étaient absens lors de son arrivée, et faisaient des conquêtes dans l'intérieur. Il prit l'habit d'Encommendero, et se garda bien de se faire connaître ; car son intention était de se rendre près d'Anacoana pour savoir par quelle suite d'aventures Nouna avait pu se décider à s'éloigner d'Haïti. Son cœur l'avait presque deviné ; on eût dit qu'il ne cherchait plus qu'à apaiser ses remords.

Anacoana versa un torrent de larmes en le revoyant, mais elle ne put lui donner aucuns détails sur sa malheureuse sœur; le bruit s'était répandu seulement, jusque dans le Maguana, qu'elle avait accompagné le Cacique de la Maison-d'Or, et qu'elle avait essayé d'adoucir par ses soins la grande infortune de ce Chef, dont les sujets déploraient le sort sans pouvoir le venger.

Pour pénétrer dans le Cibao, Ismael avait adopté le costume et le langage des Indiens. Peu à peu il joignit à sa haine pour les Chrétiens toute la haine qu'avaient ces peuples; et quand la belle Anacoana alla chercher un asile chez son frère le Cacique Behechio, il l'acccompagna, et dirigea plus d'une fois des expéditions contre les Encommenderos, et même contre les Sauvages des îles qui renouvelaient leurs incursions sur Haïti. Un bruit confus s'était d'abord répandu que le

4. 10

Maure avait touché les rives d'Hispaniola ;
mais personne ne l'ayant vu que le colon
d'Isabelle, on cessa bientôt de s'en occuper. Ses sanglantes représailles rendirent
sa personne célèbre sans qu'on pût attacher son nom au personnage qui par-
courait l'intérieur en osant résister aux
Chrétiens; quelques Encommenderos pré-
tendirent bien l'avoir reconnu, mais il
était tellement changé, qu'ils ne purent
affirmer ce qui n'était qu'un soupçon.

Du reste rien n'était si ordinaire à
cette époque que ces petites guerres de colons contre colons; seulement ce qui faisait
distinguer Ismael, c'était l'horreur que
lui inspiraient les cruautés commises contre les Indiens, et la vengeance qu'il essayait d'en tirer. En ce temps il se passait
d'étranges aventures dans Haïti; il semblait
que le génie audacieux des Espagnols
y renouvelât ces histoires merveilleuses
qu'on lisait dans les romans de chevale-

rie, témoin celle du jeune fondateur
de Saint-Domingue, qui dut sa puissance
à l'amour d'une Indienne. La vie d'Ismael
n'était pas si extraordinaire ; mais elle
était plus triste, parceque d'affreux souvenirs le poursuivaient, et qu'il n'avait
pas un seul ami pour les dissiper.

En 1495, après avoir fait de nouvelles
découvertes, Colomb retourna en Europe,
où il devait offrir le spectacle de ce qu'il
y a d'étonnant dans une âme dévorée de
gloire et de religion, puisqu'il parut à la
cour vêtu de l'habit de Franciscain... Deux
ans après le bruit se répandit que l'étranger des monts de Cibao avait disparu à
la suite d'un grand combat qu'il y avait
eu entre les Ciguayens et les anciens sujets
de Caonabo. Lorsque l'Amiral revint, l'é-
tranger était oublié.

Ismael n'avait cependant pas cessé d'exister; mais, accompagné de quelques anciens Chefs du pays de Cibao dont il avait

entièrement adopté les coutumes, il promenait son indépendance d'île en île, parmi des peuples braves, et que n'avaient pu subjuguer les Européens.

Kaïzar, au milieu des peuples de Caniba, se sentait tour à tour pénétré d'horreur et d'admiration : le courage des Caraïbes l'étonnait, il ne se lassait point de voir avec quelle intrépidité ils souffraient la douleur, avec quelle constance ils bravaient le danger. Les hommes d'Haïti lui semblaient de véritables enfans auprès de ces *hommes*, comme ils aiment à s'appeler eux-mêmes. Mais les cérémonies sanglantes durant lesquelles ces mêmes hommes dévoraient leurs semblables en se comparant hideusement au vautour, qui ne se rassasie jamais au milieu des morts ; mais ces fêtes épouvantables où ils insultaient à leurs victimes avec une joie féroce, ces fêtes révoltaient à la fois son cœur et ses sens.

Son courage durant les chasses, son intrépidité pendant la guerre, ne devaient pas tarder à le faire remarquer des Caraïbes des îles. Il ne lui manquait pour être un grand Chef que de savoir faire un canot. Il apprit l'art de renverser un arbre immense au milieu d'une antique forêt, de le façonner à l'extérieur au moyen de la hache de pierre, et de le creuser en employant le feu.

Si bien qu'étant très fort dans les combats, habile dans les arts sauvages, sa parole fut bientôt écoutée.

D'abord *Nitou-kouili* ou simple guerrier, tour à tour il fut nommé *Tiouboutouli canoa*, Chef des canots; puis il fut revêtu de la dignité de *N'halehé*, pour pouvoir commander les expéditions en mer, et enfin il devint *Ouboutou*, ou grand Capitaine, car il avait consenti à passer par les épreuves terribles sans lesquelles on ne peut acquérir ce titre.

Cette initiation sauvage durait plusieurs mois; elle consistait en un jeûne excessif auquel succédait la contemplation; puis on éprouvait par d'épouvantables tortures celui qui allait commander aux autres : on l'entourait d'une fumée épaisse; des rameaux garnis de longues épines lui formaient une sanglante couronne; d'innombrables fourmis le dévoraient; un horrible breuvage, composé de jus de tabac et d'herbes amères lui était présenté, et il devait en vider une grande coupe sans sourciller. Puis l'initiateur qui lui servait de père, le frappant du bec recourbé d'un mangfeni, ou petit aigle de ces îles, l'arrosait du sang de l'oiseau, et lui donnait des préceptes de courage.

Et ayant montré qu'il pouvait souffrir sans se plaindre, Ismael fut obéi durant les guerres avec les tribus des îles, et écouté durant la paix. Peu à peu il s'était formé un parti d'hommes braves entre les

braves, aimant presque la mort comme
d'autres aiment la vie, et ils allaient d'î-
les en îles portant la guerre aux ennemis
des Caraïbes, et se préparant par toutes
ces expéditions aux combats plus sanglans qu'il faudrait un jour livrer aux Espagnols.

En 1499, il avait été résolu, dans le
carbet des Chefs, qu'on irait attaquer la
ville fondée par les hommes de la mer
à Haïti, et les guerriers s'étaient réjouis pendant plusieurs jours de cette expédition, s'enivrant de vin de manioc,
écoutant les vieilles femmes, qui leur rappelaient les crimes des étrangers, préparant ensuite leurs flèches de guerre, leurs
arcs forts et flexibles, leurs boutous sculp-
tés, leurs massues lourdes comme du fer,
tranchantes comme l'acier. Les grandes
pirogues à voiles blanches avaient été mises
en mer. Les Devins avaient soufflé l'esprit
de courage aux guerriers ; et la flotte ca-

raïbe avait commencé à voguer sur une
mer paisible. De loin, on eût dit des oiseaux voyageurs balancés par les flots, et
se dirigeant vers ces îles de l'Archipel amé-
ricain qui s'élèvent au-dessus des eaux
comme des corbeilles de verdure et de
fleurs.

Ismael était sur la pirogue qui précédait toutes les autres; il écoutait les chants
de guerre des *Nitou-kouitis*, ou soldats,
les paroles prophétiques des Piayes, qui
les excitaient au combat. Au milieu de
cette harmonie sauvage il avait aussi ses
idées de vengeance : les épouvantables for-
faits des Espagnols revenaient à sa mémoire. Ce n'était plus le Maure de Grenade
combattant en Chevalier, c'était l'homme
brave lassé par l'injustice et par la cruauté,
trouvant désormais sa joie à punir... La
vie des Caraïbes, pleine de férocité guerrière, mais en même temps pleine de
bonne foi et d'innocence, avait imprimé

à son caractère quelque chose de nouveau :
son ardeur était devenue plus réfléchie et
plus difficile à subjuguer ; sa bonté s'était
dépouillée de la mollesse ; il était fort par
sa volonté, et sa volonté, depuis quelques
années, était de tirer vengeance des Espagnols.

Il avait appris que tout était divisé dans
l'île d'Haïti ; que les Chefs faisaient la
guerre à Colomb, et que l'Amiral, dont il
estimait les vertus, n'avait plus assez de
puissance pour contenir ces petits conqué-
rans, insolens dans leur indépendance,
féroces dans leurs victoires. Il sentait que
lui aussi, il saurait devenir puissant dans
ce beau pays, désiré de tous les peuples
de l'Archipel, et qu'un jour, relevant l'empire de Caonabo, il pourrait opposer la
force à la force, le courage sauvage au
courage européen. Il essayait, par de tels
projets, de dissiper ses autres pensées : ses
souvenirs étaient trop funestes pour qu'il

ne cherchât pas à occuper son cœur par
la gloire.

Il avait vogué quelque temps, tout rempli des idées qui l'animaient alors, et déjà
l'on apercevait les montagnes d'Haïti, mêlant leurs grandes ombres aux vapeurs,
comme des nuages immobiles au milieu
d'autres nuages, quand une de ces tem-
pêtes si fréquentes dans les mers des Antilles s'était élevée tout-à-coup. En vain les
Piayes avaient-ils sonné du *botuto* ou de
la trompette sacrée au milieu des vents, en
vain avaient-ils appelé le grand Louquo
d'une voix suppliante : les pirogues, sou-
levées par les vagues, s'étaient brisées les
unes contre les autres, ou bien elles
avaient été englouties avec les guerriers
qu'elles portaient ; deux seulement avaient
pu échapper aux fureurs de la tempête
et avaient recueilli quelques intrépides
nageurs, assez forts pour se jouer des
orages comme les oiseaux de mer, qui

vont bien dans la profondeur des eaux, mais qui savent remonter à leur sommet.

La tempête s'était apaisée. Ismael, environné de trente guerriers, reste de l'armée nombreuse qu'il conduisait vers Haïti, Ismael avait poussé trois fois le cri de deuil et de détresse au milieu des eaux; ses guerriers lui avaient répondu par trois chants de mort : c'étaient les seules funérailles qu'on avait pu faire aux guerriers que l'Océan avait engloutis.

En ce moment l'île d'Hispaniola se présentait comme un refuge, mais non pas comme une conquête. Quand bien même les guerriers eussent eu la volonté de retourner vers les îles d'où ils étaient sortis, ils n'en avaient plus le pouvoir : leurs provisions de guerre étaient gâtées par l'eau salée; leurs pirogues pouvaient à peine les contenir. Ils avaient été heureux de se réfugier dans les ports du cap Tiburon, lieu délicieux que les Haïtiens regardaient comme leur paradis, et qui était couvert de ces beaux maméys aux fruits dorés, formant une forêt, dont, par respect religieux, les Haïtiens s'interdisaient l'entrée.

C'était dans cet endroit solitaire que le brave Ismael avait débarqué avec ses Caraïbes. Peu à peu il avait abandonné ce lieu, qui ne lui offrait plus une chasse assez abondante pour ses guerriers, et il s'était avancé jusque dans les pays qui environnent San-Domingo, vivant mystérieusement dans les grandes forêts avec ses compagnons, qui, trop pleins de fierté pour songer à retourner dans leur pays sans avoir fait quelque expédition guerrière, n'attendaient qu'une occasion favorable pour montrer leur courage; et cependant plus d'une fois ils avaient été signalés à San-Domingo : quelques planteurs qui avaient vu leur Chef, s'étaient rappelé l'étranger du pays de Cibao. Plu-

sieurs attaques pour délivrer des *cavalga-*
das d'Indiens l'avaient rendu redoutable.
Un des premiers soins de Bovadilla avait
été de mettre sa tête à prix ; mais cette mesure était illusoire avec un homme tel
qu'Ismael et des guerriers comme ceux qui
lui restaient. Il vivait donc ainsi depuis
plusieurs mois sur les rives de l'Ozama,
et il avait osé, dans ses excursions, avancer
jusqu'au pays où Balboa avait eu plus
d'une fois à se louer de ses bons offices ;
mais le désir de savoir des nouvelles d'Europe s'était tellement emparé de lui,
qu'en adoptant le vêtement des Encommenderos, il résolut de se rendre à San-
Domingo ; ce fut là qu'il fut rencontré
par Beatrix ; et elle avait eu d'autant
moins de peine à le reconnaître qu'il cherchait depuis plusieurs jours les moyens
de s'introduire auprès de la nièce de Bovadilla. On sait quelle fut la suite de l'entrevue ; et comment, malgré les dangers

qu'il courait, Ismael avait essayé de s'opposer à la résolution de l'Amiral. Nous
allons voir quel sera le résultat de la ma-
gnanimité de Colomb.

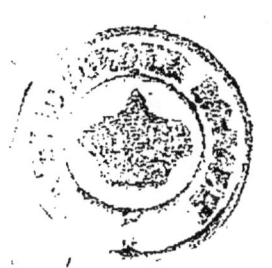

FIN.

Souscription.

—

ŒUVRES COMPLETES

DE

SIR WALTER SCOTT,

AVEC PRÉFACES, NOTES ET NOTICES,

TRADUCTION DE M. DEFAUCONPRET,

FAITE EN ANGLETERRE,

SUR LES MANUSCRITS DE L'AUTEUR,

POUR LA NOUVELLE ÉDITION QUI VA PARAÎTRE A LONDRES.

80 VOLUMES FORMAT PETIT IN-12,

Sur papier vélin satiné, ornés de 200 gravures,

Exécutées d'après les dessins de MM. ALEXANDRE DESENNE, EUGÈNE LAMI, ALFRED et TONY JOHANNOT.

ŒUVRES COMPLÈTES

DE

J. FENIMORE COOPER,

TRADUCTION DE M. DEFAUCONPRET.

30 VOLUMES FORMAT PETIT IN-12,

Sur papier vélin satiné, ornés de 70 gravures,

Dessinées par MM. ALFRED et TONY JOHANNOT.

CONDITIONS DE LA SOUSCRIPTION.

Les Œuvres de Sir WALTER SCOTT et de COOPER paraissent par livraisons de vingt jours en vingt jours.

Chaque livraison du WALTER SCOTT se compose de cinq volumes et d'un atlas renfermant ordinairement de onze à douze planches tirées sur beau papier vélin. Le prix est de   20 f.

Chaque livraison de COOPER se compose de trois volumes et d'un atlas renfermant sept planches tirées sur papier vélin. Le prix est de   12 f.

Les personnes qui souscriront *aux deux collections* recevront *gratis* la seizième livraison du WALTER SCOTT et la dixième du COOPER.

On souscrit sans rien payer d'avance.

www.ingramcontent.com/pod-product-compliance
Lightning Source LLC
Chambersburg PA
CBHW061439030726
47503CB00005B/1483